Christian Böttcher

Einmal das volle Programm, bitte

Die Geschichte eines langen Weges

Über den Autor:

Eigentlich bin ich ein ganz normaler Mensch. Doch irgendwann hat sich bei mir etwas „verrückt“.
Ich bin manisch-depressiv, was mehr als bloße Stimmungsschwankungen bedeutet. Der Zustand kann von grenzenloser Ausgelassenheit mit unglaublichen Glücksgefühlen bis zu purer Niedergeschlagenheit und völliger Antriebslosigkeit reichen. Inzwischen habe ich jedoch gelernt, mit meinem „Anders sein“ umzugehen. Ich bin wieder in die Gesellschaft „zurückgerückt“.
Das Buch schildert meine Erlebnisse während der Zeit, in der ich fast alles mitnahm, was diese „verrückte“ Diagnose so zu bieten hat: Ich war mehrere Male der König der Welt und traf Polizeipräsidenten und Illuminaten. Andererseits war ich auch einige Male ans Bett gefesselt worden und bekam Spritzen, die Pferde umhauen. Meine Welt drehte sich um Geheimdienstagenten, Drogen und den richtigen Ort, um mich umzubringen.

Geboren bin ich 1977 in Weimar, Thüringen. Aufgewachsen in einem intakten Elternhaus suchte ich mit 18 Jahren etwas Aufregendes. Nach einem mehrjährigen Trip ging die Reise weiter. Irgendwie habe ich „die letzte Ausfahrt Leben“ erwischt und nehme heute trotz einer psychischen Krankheit aktiv am Leben in der Gesellschaft teil.

Christian Böttcher

Einmal das volle Programm, bitte

Die Geschichte eines langen Weges

Bibliografische Information der Deutschen Nationalbibliothek
Die Deutsche Nationalbibliothek verzeichnet diese Publikation in der Deutschen Nationalbibliografie; detaillierte bibliografische Daten sind im Internet über http://dnb.d-nb.de abrufbar.

Christian Böttcher
Einmal das volle Programm, bitte
Die Geschichte eines langen Weges

Berlin: Pro BUSINESS 2010

ISBN 978-3-86805-657-0

1. Auflage 2010

Produktion und Herstellung: Pro BUSINESS GmbH
Gedruckt auf alterungsbeständigem Papier
Printed in Germany
www.book-on-demand.de

Für meine Eltern

Danke für alles

Inhalt

1. Gefangen

Mühlhausen, geschlossene Psychiatrie im März 2002. Hinter mir wurden gerade zwei Türen verschlossen. Das dritte Jahr in Folge hatte ich es geschafft einzufahren. Eine Tatsache, die ich in den Wochen zuvor unbedingt vermeiden wollte. Ich lag mit meinen 25 Jahren zum wiederholten Mal am Boden, fühlte mich jedoch großartig.
Draußen leuchteten die Sterne in der Dunkelheit und meine zukünftigen Mitpatienten schliefen bereits. Ich setzte mich auf die Terrasse, die Gitterstäbe vor mir. Als ich gerade Platz nahm und mir eine Zigarette anzündete, fing es an zu schneien. Eine Ruhe lag über dem Haus 22, und da ich mich so phantastisch fühlte, genoss ich die Stimmung. Dass ich gerade angeschnallt auf einer Trage im Krankenwagen und in Polizeibegleitung über die Autobahn gefegt war, spielte in diesem Moment keine Rolle. Laut richterlichem Beschluss sollte ich die nächsten sechs Wochen hier verbringen. Es handelte sich um eine Zwangseinweisung.

Der vergangene Monat war aufregend. Von Todesangst bis unerschöpflicher Euphorie hatte ich alles erlebt. Doch warum befand ich mich schon wieder hinter Gittern?

Erst einmal schneite es im März und ich kam zur Ruhe. Die folgenden Wochen sollten jedoch nicht einfach werden. Mich erwarteten Ex-Stasi Mitarbeiter, ein Heimkind, das scharf auf meine Sachen war, Insassen von diversen Gefängnissen, Alkoholiker und Russen, die sich für Mafiaangehörige hielten.

In einem Vierbettzimmer, welches das Pflegepersonal durch eine Glasscheibe beobachten konnte, legte ich mich schließlich schlafen. Neben mir lag ein Patient, der Stimmen hörte. Mein Zustand lag „über dem Strich“. Mir ging es daher wunderbar, als ich am nächsten Morgen aufwachte.
In dem harten Umfeld konnte ich mich anfangs Dank der guten Laune behaupten. Mulmig wurde es nur einmal, als jemand beim Auf-

wachen an meinen Hals fasste. Es sollte sich nur um einen harmlosen Scherz handeln. Ich fand das nicht so witzig, unmittelbar nach dem Öffnen meiner Augen eine Person zu sehen, die sich über mich beugte und nach meinen Hals griff.

Die Tage vergingen langsam. Doch zusammen brachten wir die Zeit irgendwie herum. Wir tranken unseren mitgebrachten Kaffee, redeten und lachten viel. Die Abende auf der Terrasse hatten etwas für sich. Wir unterhielten uns über Geschichte, auch über die Relativitätstheorie und ihre Daseinsberechtigung oder über die besten Haushalttipps gegen Gelenkschmerzen. Die Gesprächsthemen drehten sich um Zigaretten, Sport, Nazis oder die Brüste der Ergotherapeutin. Ein Schachspiel stand im Raucherraum aufgebaut und ich spielte besser als sonst. Einmal bestellten wir alle Pizza.

Es gab witzige Momente, als wir zum Beispiel einer hübschen Pflegerin eine tote Maus in einer Schachtel überbrachten. Statt laut „Igitt" zu sagen, blieb sie jedoch beim Anblick des toten Tieres ganz gelassen und strafte uns mit einem Blick, der signalisierte „Na und, was kommt als Nächstes?". Mein Vater schenkte bei einem Besuch einem „Mitstreiter" ein Autogramm von Udo Lindenberg, worüber der sich riesig freute.
Ich fühlte mich oft blendend unterhalten, doch bald merkte ich, dass manche Einiges auf dem Kerbholz hatten und nicht ganz „ohne" waren.
Ein Mitpatient zog mehrmals meine Anziehsachen an, ein anderer zerstörte die Kopfhörer meines Walkmans.
An verschiedene Leute und das Eingesperrtsein konnte ich mich schwer gewöhnen. Es war mein dritter Aufenthalt in der Geschlossenen, doch so hart kam mir der Alltag noch nie vor. Vielleicht lag dies auch daran, dass ich zunehmend grundlose Ängste bekam.
Für so eine Art Umgebung war ich irgendwie nicht geschaffen. Irgendwann sagte ich aus Protest nichts mehr, auch weil ich dachte, dass so die Stimmen im Kopf meines Bettnachbarn verschwinden würden.
Dies fiel auch gleich der Ärztin auf, als sie sich zu uns Rauchern setzte.

Mit Hilfe von Kopfbewegungen und Zeichensprache verständigte ich mich mit ihr. Sie schaute sich die ganze Sache keine Viertelstunde an. Ich wurde ans Bett gefesselt. Um mich herum befanden sich viele Menschen, als ich eine Spritze gesetzt bekam. Die hätte auch ein Pferd umgehauen.

Die folgende Woche verbrachte ich fast nur im Bett. Ich war unfähig aufzustehen. Zu den Mahlzeiten schleppte ich mich, ansonsten drehte ich mich von einer Seite auf die andere. Ab und zu verlor ich das Bewusstsein, immer unter den Augen des Pflegepersonals. Ein Leidensgenosse mit einem lustigen T-Shirt saß oft an meinem Bett und munterte mich auf. Eine Krankenschwester ging mit mir einmal vor die Tür. Ich konnte mich kaum bewegen und kam mir wie ein Hund beim Gassigehen vor. Die Spritze hatte mich buchstäblich K.O. geschlagen.

Als es etwas besser ging, schrieb ich Briefe. Insgesamt acht schickte ich los, an das Amts-, Landes- und Bundesverfassungsgericht, meinen Abgeordneten, den Ministerpräsidenten, die Russische Botschaft und noch ein paar mehr. Die letzten Jahre war ich häufig in der geschlossenen Psychiatrie gewesen. Ich wollte aus dem Kreislauf herauskommen und auch meine Betreuerin endlich los werden. In meinem Leben war irgendetwas schiefgelaufen, schließlich hatte ich einst studiert, besaß Kumpels und eine Freundin.

Ziemlich bald erhielt ich eine Reaktion auf die Briefe. Ein Anwalt und eine Richterin vom Landesgericht kamen.
Erst unterhielten sie sich mit der Ärztin, dann mit mir. Die Richterin meinte: „Wie kann einer solche Briefe schreiben und dann hier drinnen sitzen?“ Sie blätterte in einer dicken Akte. Ich hatte keinem etwas getan oder ein Verbrechen begangen, sondern war einfach nur ab und zu ein bisschen zu gut drauf.
Wie ein Wasserfall redete ich über eine Stunde. Vor allen Dingen fühlte ich mich ungerecht behandelt. Die Tatsache, dass ich zum wiederholten Mal zwangseingewiesen wurde, hatte meinem Inneren einen solch schweren Schlag versetzt, dass ich langsam Angst bekam, dass es ewig so weitergehen würde.

Ich musste irgendwie eine Chance bekommen und vor allen Dingen die Möglichkeit erhalten, Mühlhausen vorzeitig verlassen zu dürfen. Es geschah etwas, was ungewöhnlich war: Ich durfte am nächsten Tag gehen, mit dem Versprechen mich in der Klinik meiner Heimatstadt ambulant medikamentös behandeln zu lassen.
Die Geschlossene hatte ich nach drei Wochen geschafft. Ich war endlich frei.
Das vorzeitige Gehen nahm ich ab da als Geschenk und Ansporn an, dass es möglichst nicht wieder so weit kommt, dass ich mehrere Wochen hinter Gittern zubringen müsste.

Vom Personal wurde ich bei der Herausgabe meiner persönlichen Sachen gefragt, ob ich es überhaupt nach Hause schaffe. Mit einer inneren Überzeugung schüttelte ich die zweifelnden Blicke ab. Meinen letzten Kaffee ließ ich den Schwestern, was die nicht sonderlich freute: „Der ist sowieso bald leergetrunken."
Andere Patienten verabschiedeten sich. Einer fragte: „Wie hast Du das nur hinbekommen?" Er wünschte mir alles Gute. Andere, die auch mit richterlichem Beschluss da waren, konnten es nicht glauben und dachten, ich veralbere sie, als meine gepackte Tasche vor dem Eingang stand.
Ein Pfleger, 58 Jahre alt, schloss mir die Türen auf. Den willst Du nie wieder treffen, schwor ich mir. Er sagte „Tschüss" und nicht „Auf Wiedersehen" Vielleicht habe ich es mir nur eingebildet, aber ich glaubte einen Hauch von Anerkennung in seinen Augen zu sehen. Die letzten Jahre hatte ich mit diesem Mann immer einmal wieder zu tun gehabt. Hoffentlich war es diesmal das letzte Mal.

Mit 40 Euro in der Tasche bestellte ich ein Taxi, das mich zum Bahnhof fuhr.
Immer noch sehr gut drauf unterhielt ich während der anschließenden Zugfahrt das halbe Abteil. Nach einer Weile zog ich meine Schuhe aus und legte meine Füße auf den gegenüberliegenden Sitz. Stolz und doch nachdenklich schaute ich aus dem Fenster. Die vorbeiziehende Landschaft brachte mich heimwärts.
Zu Hause angekommen ging ich in den Sexshop, kaufte mir Whiskey und eine große Sonnenbrille.

Ich genoss es, mich frei bewegen zu können. Abends hörte ich schöne Musik und sog die Ruhe auf.
Am nächsten Tag besuchte ich wie versprochen die Klinik und erhielt dort Ciatyl. Mir gefiel der Name, hatte ich mich in der Vergangenheit oft als Agent gefühlt und verband mit dem Medikament die CIA. Eine gut aussehende Ärztin mit langen schwarzen Haaren jagte mir die Spritze in meinen Po. Unmittelbar danach spürte ich die Wirkung. Das Zeug dämpfte meine Euphorie. Wie ein flüssiger Stein durchdrang das Medikament meinen Körper. Mein Gehirn fuhr herunter.
Das darauffolgende Wochenende verbrachte ich mit Johnny Walker. Schon früh gegen 10 Uhr ging ich mit müden Schritten auf Beschaffung. Mein Vater sagte irgendwann zu mir: „Das ist doch nicht die Lösung." Dabei schaute er traurig. Doch ich brauchte das Zeug, denn der gute Zustand ließ immer mehr nach.

Wenigstens kam ich endlich zur Ruhe. Viel Druck und eine tonnenschwere Last fielen von meinen Schultern. Die vergangenen Jahre hatten es wirklich in sich gehabt und kosteten viel Kraft.

Das Schlimmste lag zum Glück hinter mir.

2. Alles in Ordnung

Wie konnte es soweit kommen? Als ich 18 Jahre alt wurde, lag die Zukunft rosig vor mir. Führerschein, erstes Auto und Abitur waren die vorherrschenden Themen im Jahr 1995.
Bis dahin verlief alles sehr geradlinig in meinem Leben, was auch an den guten Voraussetzungen lag.

Aus heutiger Sicht kann ich sagen, dass mich meine Eltern gut erzogen haben. Meine Mutter gab mir viel Liebe und Zuwendung, wurde aber auch mal streng, wenn es sein musste.
Mein Vater war hart, gerecht und achtete sehr auf die Charakterbildung. Auch er liebte sein einziges Kind, hatte aber Probleme mir dies zu zeigen.
Beide achteten immer darauf, dass ich mich höflich verhielt und zum Beispiel Nachbarn stets grüßte. Ich wuchs in einem intakten Elternhaus auf, mit Besuchen bei den Großeltern, schönen Weihnachtsfesten und Geburtstagen.
Mein Vater war gelernter Schlosser, meine Mutter hatte Kinderkrankenschwester gelernt. Wir wohnten in der Nähe vom Bahnhof in einem Altbauviertel, wo überwiegend Arbeiter und Angestellte lebten. Ehrlichkeit und gegenseitiger Respekt wurden in meiner Familie großgeschrieben.

Ich durchlief den üblichen Werdegang, erst den Kindergarten, später die Grundschule und das Gymnasium bis zum Abitur. Die Schule fiel mir immer leicht, was zur Folge hatte, dass ich weniger lernte. Du schaffst es ja sowieso, dachte ich. Das Abitur schloss ich mit 3,0 ab. Es hätte viel besser sein können.
In die jeweiligen Klassen war ich immer integriert und hatte meine Freunde. Nach Schulschluss spielten wir meist Fußball, später dann Videospiele und Autoquartett. In den Sommermonaten ging es oft mit unseren Fahrrädern ins Bad.

Sportlich habe ich mich auch betätigt. Ich war gar nicht einmal so schlecht im Basketball. Tennis spielte ich im Verein, richtig mit

Punktspielen. Ich war mit 14 sogar Clubmeister in meiner Altersklasse. Diese Zeit ist mir bis heute in sehr guter Erinnerung geblieben, weil ich mit meinen Kumpels viel Zeit auf der Tennisanlage verbrachte und wir uns gut verstanden haben.

Meine erste richtige Freundin lernte ich mit 15 kennen. Von ihr bekam ich auch meinen ersten Kuss. Leider fand am darauffolgenden Tag ein wichtiges Spiel mit der Tennismannschaft um die Thüringenmeisterschaft statt. Sonst ziemlich ehrgeizig, war ich an diesem Tag wie weggetreten. Ich hatte immer noch weiche Knie. Wir verloren auch insgesamt das Spiel. Unser Kapitän, der meinen Schwarm kannte, zeigte Verständnis, sagte aber immer wieder den Namen des Mädchens und schüttelte den Kopf.

Die Schulzeit bedeutete eine unbeschwerte Zeit, auch auf dem Gymnasium. Mein bester Freund war der Frauenschwarm der Schule. Anderthalb Jahre führte ich eine Beziehung mit einem Mädchen aus meiner Klassenstufe. Wir verstanden uns alle prächtig, viele bekamen ihr erstes Auto, wir fingen an abends wegzugehen, hatten eine regelmäßige Skatrunde.

Und doch muss es einen Grund haben, warum ich das alles wegwarf, die Liebe meiner Eltern, den Freundeskreis, meine Freundin, den Sport.
Mit 18 brach ich aus. Ich begann Drogen zu nehmen.

3. Der Spaß kann beginnen

Es begann alles recht harmlos. Kurz nach der bestandenen Führerscheinprüfung probierte ich meinen ersten Joint. Das war deshalb noch harmlos, weil das in diesem Alter viele tun. Ich kam mir jedenfalls ziemlich cool vor.
Bedenkenlos wäre es auch geblieben, wenn ich nur mal probiert hätte. Aber ich fand Gefallen daran.
Zum Glück machte ich kurz darauf mein Abitur. Viel länger hätte die Schule nicht dauern dürfen. Ich weiß nicht, ob ich sonst meinen Abschluss geschafft hätte.

Den Sommer 1995 habe ich in guter Erinnerung. Wir fühlten uns erwachsen. Meine Eltern schenkten mir ein Auto. Es war ein alter Ford Escort, babyblau.
Und doch spürte ich, dass ich meine damaligen Klassenkameraden nicht mehr lange um mich haben würde. Ich schaute mich nach einem neuen Freundeskreis um, auch weil die Leute aus meiner Jahrgangsstufe eben nicht kifften.
Ich war jung und wollte was erleben. Ein normales und „langweiliges" Leben kam für mich nicht in Frage. Es fehlte irgendetwas, deshalb suchte ich neue Freunde, die nicht in meiner Klasse waren.

Nach dem Abitur begann im Juli 1995 erst einmal mein Grundwehrdienst bei der Bundeswehr. Er sollte zwölf Monate dauern. Am Anfang kiffte ich ab und zu, am Ende der Armeezeit war ich passionierter Grasraucher.
Bei der Bundeswehr kann sich jeder aussuchen, was er nach Dienstschluss tut. Das Vernünftigste ist, man macht gar nichts, spielt Karten, sieht fern oder liest.
Dann gibt es welche, die Alkohol trinken, vornehmlich Bier. Manche schafften sogar zu zweit oder dritt einen Kasten am Abend. Es wurde auch manchmal auf Befehl gefeiert.
Mir schmeckte damals noch kein Bier, also bildete ich mich im Marihuanarauchen weiter. Es gab genügend Kandidaten, die wie ich gerne kifften. Ich lernte neue Sitten und Bräuche kennen. Die Joints

wurden länger. Ich war jung und brauchte kein Geld. Ich war zwar Soldat, trotzdem ließ ich ein gewisses Grad an Reife vermissen.

Bundeswehr kann schön sein, man lernt ständig neue Leute kennen und trifft interessante Menschen. Alles hält zusammen. Kameradschaft wird einem schon in der Grundausbildung vermittelt.
Kameradschaft hieß auch, dass man sich abends, wenn die Vorgesetzten nicht mehr da waren, in kleiner Runde versammelte, um laut Musik zu hören und die Drogen wirken zu lassen. Wir rauchten manchmal auch eine Bong in der Mittagspause.

Damals war alles noch lustig, es sollte aber schon bald düsterer und bitterer Ernst werden. Dass ich zur Sucht neige, wusste ich damals noch nicht.
Ich lernte leider auch beim Bund, größere Mengen Marihuana oder Haschisch zu kaufen und damit auch mal alleine „einen durchzuziehen".

Die Armeezeit riss ich ohne Probleme ab. Gehorsam war ich. Respekt vor meinen Vorgesetzten und Kameraden hatte ich auch.
Nach der Grundausbildung bei der Luftwaffe ließ ich mich heimatnah versetzen, sodass ich nach Dienstschluss auch mal zu Hause übernachten konnte. Das nutzte ich und fuhr oft hin und her.

In meinem Wohnort lernte ich mit der Zeit durch Kumpels und Bekannte immer mehr neue Leute kennen. Nach und nach bildete sich ein Freundeskreis für mich heraus. Wir wurden schließlich eine feste gemischte Clique, die ca. 20 Leute umfasste. Sie sollten meine Begleiter für die nächsten Jahre werden.
Das grenzenlose Vergnügen und die Freiheit, die ich anstrebte, hatte ich bald zu Genüge, denn allmählich gelangte ich auch in die örtliche Drogenszene, was enorme Vorteile mit sich brachte. Denn dadurch kannte ich jetzt Dealer.
Bald konnte ich richtig loslegen. Die Tage als Soldat waren inzwischen überschaubar geworden.
Gegen Ende der Dienstzeit hatte ich ziemlich viel Urlaub übrig und durch eine freiwillige Verlängerung auf zwölf Monate Grundwehr-

dienst, welche sehr gut bezahlt wurde, auch ein bisschen Kohle. Hinzu kam das üppige Entlassungsgeld.

Der Sommer 1996 begann für mich im Mai mit drei Wochen Freizeit und sturmfreier Bude. Ich wohnte damals noch zu Hause. In der Zeit lernte ich, was es heißt Kiffer zu sein.
Ein Freund sagte irgendwann: „Ihr hättet, anstatt alles hier zu kaufen, nach Amsterdam einkaufen gehen müssen.“
Eine neue Droge zu entdecken hat was für sich. Ich lernte den Film „Pulp Fiction“ kennen und zog dabei meine ersten Eimer. Eimer? Das ist eine abgetrennte Cola-Mehrwegflasche in einem Wischeimer, auf der Flasche ist ein Aufsatz, da kommt das Haschisch hinein, der Aufsatz wird angezündet, die Flasche hochgezogen, im Inneren ist der Rauch, den man dann einatmet. Ballert mehr weg als ein Joint.

Meine sturmfreie Bude war immer voll, bis auf den letzten Abend, da kam dann doch noch ein Kumpel mit einem Film vorbei. Wir gingen schließlich in eine Bar.
Als Ergebnis meines Urlaubes stand unter dem Strich fest, dass ich nun endgültig auf den Geschmack gekommen war.

Ein richtiger Kiffer raucht am Tag sein Gramm Gras oder Shit weg, bei einem Grammpreis von damals 15 Mark ein kleines Problem. Ich brauchte nicht lange, um am Tag mein Gramm zu rauchen.

Der Marihuanakonsum ist eine Abhängigkeit, allerdings nicht körperlich wie beim Heroin, sondern eine psychische Abhängigkeit. Auf Deutsch: Es macht so viel Spaß, dass man es am liebsten jeden Tag tun würde. Über die Schädlichkeit des Rauchens und die Sucht nach dem Zeug machte ich mir damals keine Gedanken. Damals redeten wir uns Dinge ein, wie: „Ja, in Holland ist es legal, da rauchen es die Bankangestellten in der Mittagspause. Kiffen ist viel cooler als Alkohol, wo man nur aggressiv wird. Gras wird sogar als Medikament eingesetzt, wenn jemand Schmerzen hat.“
Heute sehe ich Grasrauchen kritischer.
Jedenfalls hatte ich in den folgenden zweieinhalb Jahren keine zehn rauchfreien Tage.

Ich sah mich jedoch nicht als Abhängiger, sondern als jemand, der etwas erleben wollte. Mit Kiffen wurde jede Tätigkeit schöner, das Einschlafen, das Unterhalten, der Sex, das Nachdenken, das Essen und sogar das Autofahren.

Ein Nachteil der Illegalität war, dass man immer aufpassen musste, nicht erwischt zu werden. Wir taten zwar keinem was, trotzdem wurden wir dem kriminellen Milieu zugeordnet. Die Beschaffung und der Besitz von Haschisch ist strafbar. Wie habe ich das erste Mal Amsterdam genossen, wo ich in aller Ruhe in einem Café mir eine Tüte in aller Öffentlichkeit drehte und mit einem Freund rauchte.

Überhaupt, das erste Mal Amsterdam war geil. Wir hatten uns spontan entschlossen und waren zu zweit in einem Opel Astra unterwegs. Wir schliefen in einer Jugendherberge mitten im Rotlichtviertel. Hier standen käufliche Frauen in Schaufenstern. Am ersten Abend saßen wir in einer Kneipe, an der Wand hing ein Fernseher, dort lief irgendein Sexfilm. Die Bedienung des Coffee-Shops sagte nur zu meiner Tüte: „That's very big.“ Er lachte dabei.

Auf dem Rückweg hatte ich dann nur noch Schiss an der Grenze. Schließlich war ich noch Angehöriger der Bundeswehr. Ich nahm nicht viel mit nach Deutschland. Eigenbedarf lautete das magische Wort. Wir entschlossen uns nicht über die Autobahn, sondern Landstraße zu fahren. Auch ein paar Kilometer hinter der Grenze musste man noch Angst haben angehalten zu werden, was ärgerlich gewesen wäre. Nicht unbedingt in materieller Hinsicht, sondern weil die eingekauften Sachen ziemlich gut waren.
Wir fuhren durch mehrere kleine Orte, es zog sich alles nervenaufreibend hin. Der Blick war laufend in den Rückspiegel auf die Autos gerichtet. Handelte es sich um einen Opel, konnten uns vielleicht Zivilpolizisten folgen. Verfahren wäre auch nicht unbedingt förderlich gewesen.
Ich studierte eifrig die Karte. Mit dem Auto und unserem fremden Kennzeichen fielen wir bestimmt auf. Aber das wären wir auch auf der Autobahn, wo die Drogenfahndung entlang der Grenze stand und Autos herauszog.

Bei einer späteren Fahrt nach Amsterdam ist uns das sogar auf der Hinfahrt passiert. Irgendwann löste sich jedoch die Anspannung. Wir hatten es geschafft. Unser gutes Gras konnten wir ungestraft über die Grenze nehmen. „Silver Haze“ und „Shiva“ rauchte ich die nächste Zeit.

Im Juni brachen die letzten Tage der Bundeswehrzeit an. Mit den Leuten vom Bund erlebte ich in den letzten Tagen eine unbeschwerte Zeit. Wir waren Abgänger. Es galt für uns ein gelockertes Kasernenleben.
Dann kam der letzte Tag. Mit einem Autokorso fuhren wir durch das Kasernengelände bis zur Autobahn. Bundeswehr ade.
Am Abend schaute ich mit einem meiner besten Freunde das Halbfinalspiel der EM 1996 Deutschland-England, welches die Deutschen im Elfmeterschießen gewannen.

Ich hatte nun bis Oktober Zeit. Dann begann mein Studium. Fatal war die Tatsache, dass mit 18 oder 19 mein Traumberuf immer noch nicht feststand. Meine Bewerbungen als Staatsbediensteter wurden allesamt abgelehnt. Ich gab mir damit auch keine große Mühe.
Einen geeigneten und interessanten Studiengang zu finden, stellte sich als schwierig heraus. Schließlich wählte ich Volkswirtschaftslehre. Meine Interessen lagen jedoch woanders. Parties feiern, Drogen nehmen und Freunde treffen kann man leider nicht studieren.

Meine freie Zeit gestaltete sich sehr ereignisreich. Bis zum Studienanfang jedenfalls hatte ich Speed gezogen, meine erste Ecstasy-Pille geschmissen und LSD probiert.

4. Eine geile und unbeschwerte Zeit

Kurz nach der Bundeswehrzeit bestand der Alltag aus Freunde treffen, Kino, weggehen, Basketball spielen, Leute besuchen und kiffen. Ich gelangte in neue Kreise und lernte neue Dealerwohnungen kennen. Manche wurden sehr gut frequentiert. Da saßen dann die Leute, warteten auf ihr Zeug, unterhielten sich oder testeten die Drogen. Ein Treffpunkt wurde mal ausgehebelt, weil den Nachbarn das ständige Kommen und Gehen komisch vorkam.

So aufstrebend mein Leben war, dauerte es nicht lange bis zur ersten richtigen Technoparty und den damit verbundenen Drogen. Umfelde prägen ganz schön. Und damals war ich recht labil. Es gab ja durchaus Leute, die auf Parties gingen und nichts nahmen.
Bis zur Party eines Technomagazins in Arnstadt ging ich vorwiegend in Discos, Studentencafés oder Jugendclubs. Das war alles wie Spielen im Sandkasten.
In Arnstadt wurde es dann ernst. Im Juli 1996 nahm ich das erste Mal LSD.

Die Party fand an einem Samstag im Sommer auf einem stillgelegten Bahnhofsgelände statt. Mit einem Kumpel schmiss ich einen „Miraculix“. Verführt wurde ich mit den Worten: „Ich habe keine Lust, den alleine zu nehmen.“ Neugierig stieg ich auf das Angebot ein.
Wir feierten erst im Auto ab und fühlten uns dort wie die Größten. Anschließend schwebten wir durch die Räumlichkeiten.

Die Stunden vergingen. Es war wie auf einem anderen Planeten. Überall tanzten in den großen Hallen die Leute zu treibender Musik. Ich besaß ein wohliges Körpergefühl und war einfach nur glücklich. Farben kamen mir intensiver vor. Ich verlor das Gefühl für die Zeit. Das Ticket hatte mich in eine andere Dimension befördert.

Erfüllt verließen meine Begleiter und ich Arnstadt gegen 13.00 Uhr am nächsten Tag. Die Technomusik hallte immer noch in meinem Kopf. Auf dem Nachhauseweg tauchten wir wieder in die normale

Welt ein. Es kam uns alles unwirklich und fremd vor. Ich fühlte mich wie von einem anderen Stern.
Wir waren immer noch drauf und beschlossen ein paar Bekannte zu besuchen. Wir setzten uns in den Garten und genossen die Sonne. Gegen Abend ließ die Wirkung des LSD nach.

Ich war sozusagen entjungfert und hatte Blut geleckt. Mein Tagesablauf veränderte sich. Die Drogen rückten immer mehr in den Vordergrund.
Da ich jetzt jeden Tag kiffte, stellte sich immer mehr die Frage nach der logistischen Lösung der Beschaffung. Dazu gehörte nicht nur die Finanzierung. Wichtig war auch ein reibungsloser Nachschub, um nicht auf dem Trockenen zu sitzen. Eine neue Quelle zu erschließen erwies sich oft als sehr wertvoll.

Um das alles zu finanzieren, entschloss ich mich ein kleines Wirtschaftsunternehmen zu gründen. Das hieß, Gras oder Shit für 10,50 DM- 12 DM einzukaufen und für 15 DM zu verkaufen. Kaufte man eine größere Menge, fiel der Preis. Für ein Gramm galt der übliche Preis von 15 Mark. Ich kaufte immer nur so viel ein, dass ich nicht strafrechtlich verfolgt werden konnte, also kein Heck. Ein Heck waren 100 Gramm. Dadurch musste ich zeitweilig öfters zum Dealer. Ein Freund meinte nur nach einiger Zeit: „Das machst du alles ziemlich gut."
Durch den erzielten Gewinn von durchschnittlich 3,50 DM pro verkauftem Gramm konnte ich mir meinen Eigenbedarf leisten. Der Eigenbedarf lag bei mir bei einem Gramm am Tag. Das Ein- und Verkaufen gefiel mir. Ich blieb jedoch immer ein kleiner Fisch. Das Gras verkaufte ich zumeist in meinem Freundeskreis.

Oft kam es vor, dass ein guter Freund aus der Grundschule am frühen Nachmittag zu mir kam. Er kaufte ein bisschen Gras und legte gleich was hin für die Mischung (Marihuana und Tabak). Ich tat das natürlich auch. Nachdem wir meine Eisbong gezogen hatten, schauten wir meist Musikvideos und unterhielten uns.
Es war wie in der „Werthers Echte"-Werbung. Da war der Großvater etwas Besonderes, hier mein Schulfreund.

Die Nachmittage mit ihm hatten etwas Entspannendes und Belangloses. „Viva“ und „MTV“ verstanden es wirklich gut, zwei grasrauchende, junge Menschen zu unterhalten.

Aber ich hatte längst noch nicht alle Drogen ausprobiert. Speed, Ecstasy und Kokain mussten von mir noch erschlossen werden. An Heroin traute ich mich zum Glück nie heran.
Meine erste Ecstasy-Pille schmiss ich mir in Kassel bei einer großen Technoparty. Dort tanzten die Leute auf fünf verschiedenen Ebenen. Wir mussten eine halbe Stunde warten, bis wir hinein konnten. Die Stimmung war schon gigantisch. So etwas hatte ich bis dahin noch nicht erlebt.

Der Parkplatz vor dem „Aufschwung Ost“ glich einem Drogenbasar. Überall herrschte große Betriebsamkeit. Auf dem weiten Areal konnte man alle 5m irgendetwas kaufen. Ich ging in der Dunkelheit zwischen den Autos spazieren und entschied mich für ein Gramm Speed und eine braun gesprenkelte Pille. Als das Ecstasy wirkte, befand ich mich gerade auf der Tanzfläche. Es herrschte eine fröhliche, ausgelassene Stimmung. Die Musik war cool, die Leute waren cool, ich war cool. Nach 14 aufregenden Stunden ging es gegen 15 Uhr Richtung Heimat. Ich wusste nicht, wo vorne und hinten war, und brauchte fast zwei Tage um wieder runterzukommen.

Der Spaß konnte nun beginnen. Die folgenden zwei Jahre war ich eigentlich ständig drauf. Die Woche über stand Kiffen auf dem Programm, am Wochenende konsumierte ich Drogen und ging auf Technoparties. Die Parties am Wochenende blieben dabei immer etwas Besonderes.

Extrem war die „Küche“ in Zeitz. Einmal fuhren wir zu zweit, von einer Party kommend, nach Zeitz. Schon das Hinfahren war ein Erlebnis. Wir hatten ein Faltblatt dabei, wo verschiedene Drogen vorgestellt wurden. „Hey, die Drogensucht ist sehr ernst zu nehmen.“ Mein Kumpel grinste. In Jena hielten wir in einer Seitenstraße an um eine Line Speed zu ziehen.
In der „Küche“ lief immer eine Wahnsinnsmusik.

Der Raum hatte eine Höhe von 2,50m, sodass man beim Tanzen sehr leicht ins Schwitzen kam. Am Rand standen große Boxen und Nebelmaschinen, an der Decke hing ein Stroboskop. Das Tanzen auf Drogen war etwas ganz Spezielles. Man spürte immer eine besondere Energie, die man mit den Leuten auf der Tanzfläche teilte. Man bewegte sich wie auf Wolken zum Rhythmus der Musik. Die Musik verband Menschen miteinander. Zeitz bedeutete immer Tanzen bis zum Umfallen.

Auch an diesem Tag. Wir feierten fast ohne eine Pause bis 12 Uhr mittags. Draußen schien die Sonne. Wir waren einfach nur glücklich und zufrieden. Auf der Rückfahrt hielt uns dann noch die Polizei an. Unsere Augen waren von den Drogen ganz glasig und die Haut war blass. Die Polizei wollte meine Papiere sehen. Zum Glück musste ich nicht aussteigen und angeschnallt waren wir auch. Anscheinend benahmen wir uns einigermaßen normal und so passierte nichts. Wir durften weiterfahren.

Ich kam in dieser Zeit viel herum. Es ging oft nach Leipzig, Erfurt oder ans Hermsdorfer Kreuz. Höhepunkte blieben Berlin, das Ruhrgebiet und Amsterdam. Eine Technoparty fand sogar in einem stillgelegten Gefängnis statt.
Ich hatte zu dieser Zeit einen wirklich großen Bekanntenkreis, Leute, mit denen ich kiffte, dann welche, mit denen ich auf Parties fuhr. Wir trafen uns in Wohnungen oder Szenecafés.
Ich nahm das alles als selbstverständlich hin.
Oft trafen wir uns in einer Villa, welche wir einfach nur die „WG" nannten. Die WG bedeutete ein Treffpunkt für uns. Drei Leute lebten dort. Es herrschte immer ein reges Treiben und es gab viele schöne Stunden.
Einmal im Jahr führten wir in der WG ein Joint Venture durch. Wir mussten schließlich feststellen, wer die beste Tüte baut. Eine Jury wurde bestimmt und Kategorien festgelegt. Aussehen bzw. Form, Festigkeit, Filter, Zug, Geschmack und Brennverhalten wurden benotet. Der Sieger erhielt einen Wanderpokal. Das Event nahm jeder sehr ernst. Ernst hätte ich auch mein Studium nehmen sollen, stattdessen nutzte ich die Universität als Kontaktbörse.

Ich lernte ein Mädchen aus einem Dorf bei Gera kennen. Für ihren Freund machte ich mal eine Ausnahme und besorgte eine größere Menge Drogen. Er wollte für sich und seinen Freundeskreis 20 Tickets und 10 Pillen haben. „Ist alles Eigenbedarf für meine Leute", waren seine Worte. Mein Dealer hatte das Zeug vorrätig und auch die Übergabe klappte problemlos. Im Gegenzug kaufte ich bei Engpässen mein Gras manchmal in Gera.
Flauten gab es ab und zu, da man Drogen nicht einfach so im Supermarkt kaufen konnte.

Zu meinem Dealer fuhr ich meist mit einem guten Kumpel. Mit ihm etwas rauchen war wie ein gutes Essen. Wir fuhren zum Beispiel oft zu Aussichtspunkten. Er hörte gern Reggae und brachte mir eine andere Kiffkultur näher. Unsere Geburtstage fielen auf den gleichen Tag.
Zusammen besuchten wir mal eine Goaparty zwischen Berlin und Hamburg. Auf einer Wiese standen große Boxen, aus denen sehr laute und schnelle Musik dröhnte, interessante Leute tanzten. Man hatte die Möglichkeit zu zelten. In der Nacht leuchtete alles, Laser strahlten in den Himmel. Durch das LSD und die treibende Musik tanzte ich mich in einen Rausch. Es war eine andere Welt. Ich fühlte mich zeitversetzt in die 60er Jahre. Es tanzten beileibe keine Hippies, vielmehr schön gekleidete Menschen, die sehr sympathisch rüberkamen. Meine Sucht nach intensivem, ausgelassenem Feiern konnte ich befriedigen. Perfekter ging es kaum noch. Im darauffolgenden Jahr fuhr ich mit jemand anderem wieder hin.

Er wohnte in einem Neubauviertel. Dort baute er sich in einem umgebauten Schrank sein Gras selbst an. Als er dann erntete, war er total begeistert. Ich bekam von dem Gras allerdings einen Ausschlag am Hals.

Bei ihm in der Wohnung traf ich auch oft einen guten Freund, mit dem ich am liebsten harte Drogen konsumierte und auf Parties fuhr. Er hatte schon mehr Erfahrung und brachte mir vieles bei. Mit seiner Hilfe sah ich zum ersten Mal ein Bordell von innen. Das gefiel uns so gut, dass wir eine Stunde später noch einmal hinein sind.

Er brachte mir mal von einer Reise aus einem Abteil der Deutschen Bahn einen Spiegel mit, dass ich eine Unterlage für mein Speed hatte. Mit ihm zusammen zu sein war Alltag. Und der Alltag war einfach nur geil. Wir lachten viel zusammen, es gab aber auch mal ernstere Momente. Drogen zu nehmen war kein Kindergeburtstag. Man machte oft Grenzerfahrungen. Es gab manchmal Phasen, wo man auf keinen Fall unter „normale“ Leute gehen konnte. Das richtige Runterkommen war entscheidend. Wir passten oft gegenseitig auf, dass wir alles in die Reihe bekamen. Bei zehn Stunden exzessivem Tanzen muss man auch viel trinken und darf es mit den Drogen nicht übertreiben.

Ein Erlebnis mit ihm war echt abgefahren. An einem Wochenende mietete ich einen Opel Astra. Mein guter Freund kannte eine Quelle in Chemnitz, wo es günstig Chrystal zu kaufen gab. Ein halbes Gramm sollte 75 Mark kosten. Es hätte für Wochen gereicht. Chrystal ist wie Speed ein Amphetamin.
Wir wollten nur zum Einkaufen nach Chemnitz fahren, also zogen wir uns nicht extra um. Ich hatte ein einfaches schwarzes T-Shirt an, meine Begleitung trug ein altes blaues Polohemd von Fred Perry. Das Chrystal musste ja getestet werden, also probierten wir eine winzige Line.
Im Auto fingen die Drogen an zu wirken. Wir waren drauf, wurden euphorisch und überlegten, ob wir jetzt nach Prag oder Berlin fahren. Berlin lautete schließlich das Ziel unserer Reise. Die Hauptstadt und ein Wochenende mit guten Drogen lagen vor uns.

Es war ein phantastisches Gefühl, als wir in Berlin ankamen. Unser erstes Ziel war ein bekannter Technoclub. Da passierte etwas, dass in meiner ganzen Partyzeit vorher und nachher nie passiert ist. Wir wurden in unserem Aufzug nicht eingelassen, gabelten aber vor dem Club einen Schwulen auf, der uns den Weg zum „Tresor“ zeigte. Diese Lokalität kennt man sogar in den USA und sie besitzt einen legendären Ruf. Wir tanzten im „Tresor“ bis Samstag früh 10 Uhr die Lichter angingen.

Es gab aber noch mehr in Berlin zu erleben.

Zwei Mädels, die wir kannten, absolvierten ein Praktikum in der Stadt und hatten eine Wohnung in Mitte. Den Beiden rückten wir auf den Pelz. Wir gingen schließlich alle ins „WMF". Müdigkeit verspürte ich noch nicht und wollte noch eine Nacht durchmachen. Das Chrystal wirkte immer noch hervorragend. In Berlin wegzugehen war aufregend.
Sonntag gegen Mittag verließen wir völlig verdreht die Stadt. Während der Heimfahrt zogen wir das restliche Chrystal.

Auf einer Technoparty in einem Schwimmbad irgendwo in Thüringen klagte ich mal bei einer Tüte einem Kumpel mein ganzes Leid. Das Verkaufen des Grases bedeutete manchmal Stress und ich hatte ein Auge auf ein bestimmtes Fahrzeug geworfen.
In mir reifte der Entschluss mein ohnehin nur pro forma angefangenes Studium zu unterbrechen und stattdessen zu arbeiten, um mir mein Traumauto kaufen zu können, einen Audi 80 Baujahr 86. Audi hatte irgendwann Ende der 80er angefangen seine Autos runder und aerodynamischer zu bauen. Ich wollte unbedingt ein eckig gebautes Auto haben. Dazu brauchte ich ca. 3000 DM und die hatte ich nicht. Mein Entlassungsgeld von der Bundeswehr hatte ich schon längst verjubelt.

Deshalb beschloss ich für ein halbes Jahr nach Kassel in die alten Länder zu ziehen, weil dort die Löhne höher waren. Die Stadt lag relativ heimatnah. So konnte ich die Wochenenden zu Hause verbringen. Den Verzicht auf harte Drogen und Parties hatte ich mir vorgenommen, um zu sparen. Das Kiffen finanzierte ich weiterhin mit dem Ein- und Verkauf von Haschisch. Eine billige Unterkunft fand ich schnell, auch mit einer Arbeit klappte es ziemlich reibungslos. Ich bekam einen Job als Lagerarbeiter bei „Brinkmann", einer Elektronikkette. Mein Leben wurde spartanischer, was mir leicht fiel.
In einer fremden Stadt neu anzufangen hatte damals „was".

Als ich dann in Kassel wohnte, ging ich nur einmal richtig weg. Silvester 1997 hatte ich einen Drogenunfall. Das Ecstasy bekam mir nicht und die folgenden zwei Monate waren anders. Niederge-

schlagen, antriebslos und im Denken gestört versuchte ich den vorherigen Zustand wieder zu erreichen.
Das gelang mir erst wieder nach meinem Umzug zurück nach Hause. Das Ziel hatte ich inzwischen erreicht. Durch meine Sparsamkeit stand eine beträchtliche vierstellige Zahl auf meinem Kontoauszug.
Ich bekam in Kassel jedoch schon einmal einen Vorgeschmack darauf, was wenig später Realität wurde. Der unbeschwerte Spaß sollte nicht mehr lange andauern und sich stattdessen ein dunkler Schatten über mein Leben legen. Damals ignorierte ich noch die Warnhinweise meines Körpers, denn wieder zu Hause angekommen, stürzte ich mich erneut ins Partyleben.

Mein Traumauto kaufte ich schließlich in München für 3.300 DM von einem Kroaten. Es war ein tolles, geräumiges Auto. Ich fuhr den Wagen die folgenden sieben Jahre. Der graue Audi 80 sollte mich in der Folgezeit jedoch nicht so richtig glücklich machen.
Es fing schon damit an, dass mir innerhalb von drei Wochen zwei Frauen ins Auto fuhren. Beide Male war ich an den Unfällen schuldlos, so dass ich jedesmal Geld von der Versicherung bekam. Als ich das Auto kaufte, hatte er keinen einzigen Kratzer.

Den Urlaub 1998 wollte ich mit dem Audi und den Einnahmen aus den Fahrkünsten beider Frauen in Irland verbringen. Dies erübrigte sich in einer regnerischen Sommernacht.
Allein fahrend auf dem Weg zur „Muna“ in Bad Klosterlausnitz am Hermsdorfer Kreuz und vollgepumpt mit Speed verlor ich an der Autobahnabfahrt die Orientierung. Das Autoradio lief sehr laut, es war dunkel und regnete. Ich musste abfahren, sah das Schild zu spät und machte reflexartig eine Vollbremsung. Mein Auto ließ sich nicht mehr steuern und landete an der Leitplanke. Panisch rannte ich aus dem Auto und begutachtete den Schaden. Der Kotflügel hatte eine Beule abbekommen, der Motorraum blieb zum Glück unversehrt, so dass ich weiterfahren konnte. Auf der menschenleeren Autobahn setzte ich 50m zurück und fuhr die Abfahrt herunter. Das Adrenalin schoss durch meinen Körper. Trotzdem fuhr ich noch auf die Party, drauf wie ich war. Sonntagnachmittag verließ ich die „Muna“ und fuhr mit verbeultem Kotflügel nach Hause.

Dort stellte ich den Audi vor meiner Werkstatt ab. Die Reparatur kostete 700 DM. Ich war mit dem Schrecken und einem blauen Auge davongekommen. Ich machte trotzdem fröhlich mit dem illegalen Rausch weiter.
Als Drogenkonsument brauchte ich natürlich immer auch die passende Ausrüstung. Den örtlichen Headshop besuchte ich dazu sehr gerne. Benötigte ich doch ständig kleine Tütchen um mein Gras für den Verkauf abzupacken. Ich legte mir eine Eisbong zu und einen Schlüsselanhänger, damit ich mein Speed immer mit mir herumtragen konnte. Außerdem ein Röhrchen für das Ziehen von Speed oder Koks. Das verlor ich in schöner Regelmäßigkeit. Ein Röhrchen hatte mal die Form eines Staubsaugers. Mein wertvollstes Accessoire war jedoch ein silbernes Etui, das mir jemand von einer Klassenfahrt aus Amsterdam mitbrachte. Das Etui benutzte ich als Stauraum für meinen Eigenbedarf oder für Amphetamine und Pillen.

Irgendwann brauchte ich die harten Sachen, um auf den Parties meinen Spaß zu haben. Mit der Zeit war ich von einem Blumenkind zum Speedfreak geworden. In manchen Clubs kam es schon mal vor, dass ich eine Line Speed auf dem Klo zog. Das hatte manchmal was von Heroinspritzen in einer Bahnhofstoilette. Auf einer Party waren die Wände mit Graffitis besprüht. Eigentlich schon genug drauf, hing ich über der Kloschüssel und bereitete mit einer Plastikkarte mein Zeug zu. Draußen wummerte der Bass. Aus der Nebenkabine hörte ich ein Schniefen. Die Toilette strotzte auch nicht gerade vor Sauberkeit.

Für mich hätte es ewig so weitergehen können, doch ich sollte schon bald für viele Dinge büßen, und das nicht zu knapp. Die Schädlichkeit und die Folgen des Drogenkonsums waren mir nicht wirklich bewusst. Mögliche Konsequenzen für meine Gesundheit wischte ich einfach beiseite. Ohne Nachzudenken lebte ich lange in den Tag hinein und nahm alles als selbstverständlich hin. Es war für mich das Normalste auf der Welt eine Line Speed zu ziehen. Ich lebte in einer Parallelwelt, in der fast jeder so lebte. Die Drogenkarriere intensiv voranzutreiben, sollte sich schon bald rächen. Im Herbst 1998 verging mir erst einmal für einige Zeit das Lachen.

5. Katerstimmung macht sich breit

Seit dem Abitur hatte ich eine beschwingte sorgenfreie Zeit erlebt mit einem Leben ohne Grenzen und Regeln.
Doch beruflich bedeutete die Zeit von 1995-98 Stillstand. Ich hatte zwar ein Studium der Volkswirtschaftslehre angefangen, aber es nicht konsequent verfolgt. Meine Schwerpunkte lagen woanders. Nachdem die Prüfungen in VWL vor den Baum liefen, studierte ich Politik. An einen Abschluss war jedoch in keiner Phase zu denken.

Schlussendlich machte ich jedem etwas vor, besonders meinen Eltern. Sie gaben mir jede Woche 100 DM, bezahlten die Versicherung fürs Auto und ließen mich bei sich wohnen.
Der Alltag bestand weniger aus fleißigem Studieren, wie es eigentlich angedacht war. Vielmehr knallte ich mich ständig mit irgendwelchem Zeug zu, was zweifelsohne viel Spaß machte.
Doch die Wahrheit sollte irgendwann ans Licht kommen und ich dem Ernst des Lebens ins Gesicht schauen.

Im Spätsommer 1998 kam ein wenig Melancholie auf. Die Parties waren auf einmal nicht mehr die gleichen. Ohne es zu merken hatten sich die Drogen immer mehr in den Vordergrund gespielt. Es ging fast um nichts Anderes mehr.
Ich hatte mich verändert. Mein Wesen war einzig und allein auf das ausgiebige Nachgehen der Drogensucht ausgelegt. Der Rest interessierte mich scheinbar kaum noch. Die Leute aus meiner Clique führten Leben, in denen die Kurve nach oben zeigte. Sie entwickelten sich weiter, studierten oder machten Fortschritte in der Arbeit. Ich verkraftete die ganze Drogenscheiße im Gegensatz zu den anderen nicht mehr so gut.

Also beschloss ich mit meinen 21 Jahren einen Schnitt zu machen und die Technoparties sein zu lassen. Das Kiffen wollte ich nicht aufgeben. Dazu gefiel es mir zu gut.
Es kamen jedoch keine Befreiung oder optimistische Gefühle nach meinem selbstgewählten Verzicht auf. Im Gegenteil, das Aufhören

führte zu einem harten Bruch. Auf einmal wurde ich ruhiger und nachdenklicher.
Wir nannten das in der Drogenzeit „verpeilt". Alles verlief viel zäher und langsamer. Langeweile kam auf.

Die Partywelt drehte sich unterdessen auch ohne mich weiter, was mir ziemlich bitter schmeckte. Der Lebensinhalt der vergangenen Jahre hatte sich in Luft aufgelöst.
Im Nachhinein bedeuteten diese Jahre vergeudete Zeit, obwohl ich oft ein Held der Nacht war. Ich lebte aber im Endeffekt meistens nur für den Augenblick.
Jetzt war ich immer noch jung, jedoch müde und kraftlos.

Und ich hing oft der Vergangenheit nach. Es war jedoch kaum etwas Greifbares davon übrig geblieben. Das schöne Leben hatte ich auf einmal nicht mehr. Aus der Unverwundbarkeit war etwas Gewöhnliches mit normalen Problemen geworden.

Es folgte ein monatelanges Suchen nach einer sinnvollen Beschäftigung. Es handelte sich dabei mehr oder weniger um ein Totschlagen der Zeit. Hinzu kam die Tatsache, dass sich mein Freundeskreis kühler verhielt.
Das Leben wurde trister. Es war hart sich an die neuen Gegebenheiten zu gewöhnen, weil ich das bisher nicht kannte. Bisher hatte ich immer einen Lebensinhalt und genügend Leute um mich. Hilfreich an der ganzen Situation war nicht, dass ich immer noch zu Hause wohnte. Kostengründe, aber auch Bequemlichkeit führten zu dieser Situation.
So verbrachte ich viele Stunden in meinem Audi, fuhr herum oder steuerte diverse Bekannte an. Aber das Rad der Zeit ließ sich nicht mehr zurückdrehen. Die Distanz zu meinen ehemaligen Weggefährten war gewachsen.

Zum Glück fand ich nach einer Weile eine Beschäftigung, die den Tag ausfüllte. Denn ich entdeckte 1999 das Internet.
Die Universität bot zwei Computerkabinetts an, in denen man kostenlos surfen konnte.

Der Eintritt war der Studentenausweis, über den ich noch verfügte. In zwei großen, hellen Räumen saßen an die 40 Studenten, die wie ich ins Netz gingen.
Das neue Medium faszinierte mich, gab es doch so viel zu entdecken. Täglich verbrachte ich mehrere Stunden vor dem Rechner. Geschichtsseiten, Nachrichten, Chats und der Fußball boten eine interessante und abwechslungsreiche Unterhaltung.

Langsam wurde es Frühling. Irgendetwas musste passieren, denn ich konnte mich nicht ewig nur mit dem Internet befassen.

6. Ein Wochenende, das alles veränderte

Die Osterfeiertage standen vor der Tür und aus Angst vor vier Tagen Langeweile suchte ich mir einen Aushilfsjob an einer Spülmaschine in einem Hotel.
Das gefiel mir schon in meiner Jugendzeit. Für 6 DM die Stunde stellte ich mich damals am Wochenende in einem Nobelhotel hin und schob das schmutzige Geschirr in eine Maschine, die fast den ganzen Raum ausfüllte. Sauber und getrocknet kam alles wieder heraus. Töpfe mussten separat gemacht werden. Auch das Besteck wurde nachpoliert. Bei 200 oder 300 Gästen bedeutete das manchmal ganz schön viel Arbeit. Der Chefkoch meinte nur einmal zu mir: „Wenn du diese Pfanne zerkratzt, kannst du mir gleich deinen ganzen Lohn geben."
Hotels übten schon damals eine große Faszination auf mich aus. Mir gefiel die Atmosphäre des Hinterlandes, die Gerüche der Küche und die interessanten Leute, die dort arbeiteten.

So verdiente ich an den Osterfeiertagen ein bisschen Geld und die Zeit ging rum. Eine Kellnerin gab mir den Tipp, beim Hilton wegen eines Spüljobs anzufragen. Dort konnte man mehr verdienen.

Inzwischen fühlte ich mich wieder etwas besser. Die Traurigkeit war verschwunden und ich blickte wieder optimistischer in die Zukunft. Ein Nachbar von einem guten Bekannten vermittelte mir eine Probeschicht als Barkeeper.

Damit begann etwas Neues in meinem Leben. Kannte ich bisher die Gastronomie nur von der Spüle aus, lernte ich nun den Gastraum kennen. Mir gefiel es hinter einer Bar zu stehen. Mit einem inneren Lächeln bereitete ich die Getränke zu. Leider hatte ich keine Ahnung vom Mixen und Bierzapfen und wurde nach der 2. Schicht wieder weggeschickt. Aufgeben kam für mich jedoch nicht in Frage, und so versuchte ich mein Glück woanders.

Mir fiel wieder der Tipp mit dem Hilton ein.

Der Respekt vor dieser großen amerikanischen Hotelkette war groß. Schüchtern stellte ich mich im Personalbüro vor und fragte nach einem Job als Spülkraft. Der anwesende Oberkellner und die Frau von der Personalabteilung musterten mich und stellten mir die Frage: „Spüle oder Service?“ Ich sagte: „Service“ und ließ mich als Kellneraushilfe registrieren. Man konnte 10 DM die Stunde verdienen. Ein paar Tage später kam der Anruf. Freitag 15 Uhr sollte ich da sein mit weißem Hemd, schwarzer Stoffhose und vorzeigbaren Schuhen.

Das Wochenende im Hilton veränderte dann alles sehr nachhaltig. Dass etwas mit mir nicht stimmte, ahnte ich mit keiner Silbe im Mai 1999. Bald sollte etwas ausbrechen, was wie ein Tornado über mich hinwegfegte.

Als es Freitag wurde, hatte ich den ganzen Tag mit meiner Aufregung zu kämpfen. Ich freute mich darauf, edel angezogen in einem gehobenen Hotel zu kellnern. Ich wusste ungefähr, was auf mich zukam.
Ein Jahr zuvor hatte ich im Kempinski ein Wochenende mitgemacht, als die Allianz Versicherung zu Gast war. Erst als Kofferträger, später half ich beim Aufstellen der Tische und an der Spüle.
Als wir die Gäste empfingen, fand ich die Autos interessant. Porsches und große Audis fuhren vor. Manche Fahrzeuge hatten den Motor hinten. Ich trug sogar dem Chef der Allianz die Koffer auf sein Zimmer. Er gab mir einen 10-DM Schein als Trinkgeld. Die Zimmeranordnung lernte ich vorher anhand eines Planes auswendig.

Die erste Schicht im Hilton sollte 13 Stunden dauern. Für mich bedeutete es als Aushilfe im Service zu arbeiten ein Aufstieg.

Eine Pharmafirma mit 150 Gästen hatte sich angesagt. Wir bauten runde Tische für jeweils acht Personen auf. Weiße Tischdecken, Gläser, Besteck, Blumen und Kerzen kamen auf die Tafel. Der Saal sah zum Schluss mit Tanzfläche, Dekoration und einer Bühne sehr festlich aus. Logisch, es handelte sich ja um ein Nobelhotel. Ich hatte mich um zwei Tische zu kümmern und sollte die Teller vom 4-Gänge-Menü abräumen.

Außerdem war es meine Aufgabe Wein nachzufüllen und Sonderwünsche wie Kaffee oder Whiskey zu bringen. Mir gefiel es, mich um „meine“ Gäste zu kümmern. Uns trug man auf, die Weingläser nicht leer werden zu lassen, zu manchen Gästen musste ich mehrmals kommen.

Bevor es losging, erklärten mir zwei erfahrene Kellner in sehr lockerer und witziger Atmosphäre wie man mehrere Teller und ein Tablett richtig trägt. Ich lernte etwas über Daumen und Untergriffe.

Das Bedienen klappte, ich ließ nichts fallen. Zwischen zwei Gängen trat ein Travestiekünstler auf, der Cher und Tina Turner nachmachte. Den Pharmaleuten und mir gefiel es, hatte der Sänger doch endlos lange Beine und trug Perücken.
Später legte ein DJ auf. Die Gäste feierten und tanzten ziemlich lange. Weit nach Mitternacht verabschiedeten sich die letzten. Auch ich hatte etwas von dem Abend, lernte ich doch eine andere Art von Parties kennen. Es hatte was.

Als dann Schluss war, musste der Saal für den nächsten Tag vorbereitet werden. Das Aufräumen zog sich hin. Jeder arbeitete emsig. Irgendwann im ganzen Umbau wurde ein Tablett mit Biergläsern hereingetragen. Wir setzten uns auf Stühle und machten erst einmal eine Pause. Manche rauchten eine Zigarette. Ich fand es cool im halb aufgeräumten Bankettsahl zu sitzen, ein frisch gezapftes Bier zu trinken und über die Formel 1 zu reden.
Gegen dreiviertel vier in der Früh hatten wir Feierabend. Als ich das Hotel verließ, brach ein neuer Sommertag an. In elf Stunden ging es schon weiter.

Nach ein wenig Schlaf stand ich pünktlich Samstag 15 Uhr wieder auf der Matte. Eine weitere Veranstaltung, diesmal in einem anderen Saal, fand im Hilton statt.
Der Weg zur Spüle war diesmal länger. Kilometer abspulen stand an diesem Abend auf dem Programm. Da ich mich im Kellner-Outfit und dem Hotelumfeld so wohl fühlte, genoss ich es die weiten Strecken in der angenehmen Atmosphäre zurückzulegen.

Schön war immer, wenn ich mit einer Armbewegung über meinem Kopf die Lichtschranke aktivierte, welche die Tür zum Hinterland öffnete. Ohne die Tür zu berühren, ging sie dann immer wie von Geisterhand auf und man konnte eilig hindurchgehen.
Ein Problem gab es irgendwann mit der Zapfanlage des Bieres. Sie produzierte fast nur weißen Schaum und so mussten wir Kellner das Bier mehrere Male von einem Glas ins andere schütten, so dass sich die goldgelbe Flüssigkeit vermehrte. Bei gleichzeitig fünf bestellten Pils dauerte das natürlich ein wenig länger. Die Gäste zeigten Verständnis und ich erhielt von zwei Personen 40 DM Trinkgeld, was mich stolz wie Oskar werden ließ. Auch ohne Trinkgeld freute es mich, wenn alle mit dem Service zufrieden waren.
Das Essen, welches wir Kellner auf den Tellern servierten, sah lecker aus. Trotzdem lief einem nicht das Wasser im Mund zusammen, denn auch wir wurden in der Hinsicht gut versorgt. Es gab gekochten Lachs mit Nudeln als Personalessen.

Es sollte wieder bis in die frühen Morgenstunden gehen. Ich hatte auch gegen Ende noch die Kraft lange Banketttische wegzutragen.
Der Restaurantchef ließ mich zum Schluss die Anwesenheitsliste unterschreiben und meinte: „Das war doch ein geiles Wochenende“.
Ich erwiderte nur: „Das muss ich erst einmal verarbeiten“.
25 Stunden Arbeit in zwei Tagen lagen hinter mir. Meine Marlboros schmeckten nach Feierabend jedenfalls nicht schlecht.

Die verdienten 250 DM waren nebensächlich. Ein Feuer brach in mir aus. Glücksgefühle und Euphorie kamen auf. Ich spürte Begeisterung und eine neue Form von Leidenschaft. Endlich hatte ich einen Beruf gefunden, in dem ich mich verwirklichen konnte. In einem Hotel zu arbeiten lautete mein Wunsch für die nächsten Jahre.
Doch bisher hatte ich nur in der Champions League gearbeitet und dort auch nur die schönen Seiten gesehen. Es gibt aber in dem Beruf auch unterklassige Ligen und Schattenseiten. Das sah ich erst einmal nicht.

Mir gefiel es in den bisherigen Hotels ausgesprochen gut. Das eine Haus hatte eine lange Tradition.

Hier stiegen so berühmte Gäste ab wie Marlene Dietrich, Wladimir Putin oder Johann Sebastian Bach, und das Hilton ist eben das Hilton, wo man nachts um zwei vom Koch ein Eis bekommt, ein teures Klavier putzen muss oder VW-Managern „Tullamore Dew" bringt.

Nach dem Wochenende im Hilton schien auf einmal alles viel klarer. Meine Stimmung hellte sich auf. Ich fühlte mich plötzlich großartig. Eine Passion und Berufung in seinem Leben zu haben ist schon etwas Großartiges.
So dachte ich damals jedenfalls. In Wahrheit war das Ganze unwirklich und nicht echt. Meine positiven Gefühle betrogen mich und täuschten über meinen wirklichen Zustand hinweg.
Es war etwas ausgebrochen, was das Gegenteil von einem schlimmen Tief ist.

7. Was geschieht mit mir?

In meinem Kopf hatte sich ein Schalter umgelegt. Mir gefiel mein Zustand. Hochgeputscht und am Anschlag bewegte ich mich von nun an durch den Alltag. Unbändige Energie floss auf einmal durch meinen Körper. Ich hätte Bäume ausreißen können.
Ich schob das alles auf meine neue berufliche Perspektive. Mit 22 Jahren konnte ich immer noch eine Ausbildung beginnen.

In meinem Zustand, der deutlich über dem normalen Pegel lag, irrte ich zunächst ziellos umher. Ich blieb an einem theatralischen Lied hängen, das ich tagelang immer wieder hörte. Es dauerte fast zehn Minuten und passte in meine wunderbare Stimmung. So ein tolles Stück hatte ich bis dahin noch nicht erlebt. Ich wollte gar nicht mehr schlafen, weil ich ja dann die schöne Musik nicht hätte hören können.

Ich kam auf abgefahrene Ideen, wie die, zu Fuß von einem Ende zum anderen der Stadt zu gehen. Mitten in der Innenstadt blieb ich jedoch hängen. Auf einer Bank sitzend verbrachte ich Stunden beim Leute beobachten. Bestimmt stach ich aus der Masse heraus, weil ich mich seltsam benahm. Wildfremden Leuten lachte ich zu und grüßte sie, einer Nonne rannte ich hinterher, weil sie zweimal vorbeikam und ich mich von ihr gestört fühlte.
Irgendwann saß ich, angelehnt an die Bank, auf der Erde. Als ich davon genug hatte, balancierte ich wie auf einem unsichtbaren Seil mit ausgestreckten Armen durch die Fußgängerzone. Zu guter Letzt tauchte ich meinen Kopf in einen Brunnen und ging mit freiem Oberkörper heimwärts.

Das Körpergefühl änderte sich, es fühlte sich alles sehr wertvoll an, besonders die Beine. Das Gehirn arbeitete auf Hochtouren. Mein Verstand schien klarer geworden zu sein. Ich redete schneller als ich denken konnte und lachte sehr viel, und vor allen Dingen laut. Es kam auch vor, dass ich grundlos anfing zu weinen. Es war befreiend einfach drauflos zu heulen.

Mein Gesicht glühte in dieser Zeit oft wie ein Backofen. Die Zigaretten wurden mehr, ich aß weniger und auch mein Schlafbedürfnis reduzierte sich.

Ich spielte in aller Öffentlichkeit Filme und Szenen aus Fußballweltmeisterschaften nach. Dazu hechtete ich wie ein brasilianischer Torwart nach dem Ball. Ich sah etwas auf mich zukommen. Da war aber nichts. So weit bin ich noch nie gesprungen. Ich klatschte auf den Asphalt und lenkte mit einer Bierflasche, die ich aus meinen Händen rollte, den Ball ins Aus. Ich hatte ein WM-Finale entschieden. Aus Freude über den gehaltenen Schuss schmiss ich die Bierflasche mit voller Wucht auf den Boden. Anschließend warf ich meine Schuhe weg.

Ins Best Western Hotel ging ich wie einer der „Glorreichen Sieben“. Jedenfalls fühlte ich mich wie James Coburn oder Horst Buchholz. Im Dorint spielte ich Szenen aus Indiana Jones nach. Ich lag als sterbender Sean Connery auf dem Boden in Erwartung des Heiligen Grals, bis mich die Geschäftsführung höflich aufforderte zu gehen.

Zunehmend wurde mein Verhalten wahrscheinlich immer auffälliger und für andere Leute war vieles, was ich tat, bestimmt schwer nachvollziehbar. Mein Bekanntenkreis reagierte verwundert auf mein plötzlich anderes Verhalten. So richtig wusste anscheinend niemand, wie man mit mir umzugehen hatte. Jeder reagierte anders. Die Ersten zogen sich zurück.
Ich für meinen Teil kam mir wie ein junger Gott vor, unverwundbar und mit der Kraft versehen jeden Berg zu versetzen.

Meine Aktionen richtete ich eine Weile nach dem Spiel „Monopoly“. Gab es beispielsweise Geld, rückte ich über Los. Ich suchte den Hauptbahnhof und den Rathausplatz auf. Bei der Schlossallee handelte es sich um die nobelste Straße der Stadt. Ab und an befolgte ich Ereigniskarten wie: „Gehe zurück zur Badstraße.“ oder „Rücke vor bis zum Opernplatz.“ Einmal ging ich drei Felder zurück. Dazu fuhr ich mit dem Bus zum Elektrizitätswerk. Mein Leben drehte sich um Schönheitswettbewerbe und „Frei Parken“.

Nur ins Gefängnis durfte ich nicht kommen. Miete zahlte ich in den Hotels oder Gaststätten, wenn ich etwas trank. Komischerweise war dies in der Elisenstraße billiger als in der Schlossallee. Dort stand ja auch nur eine Imbissbude, während sich woanders ein teures Hotel befand.

Im Vergleich zur Drogenzeit ging es mir sogar noch besser. Ich fühlte mich wie ein Geheimdienstagent. Das angenehme Sitzen, das Körpergefühl und der vermeintlich geschärfte Geist verleiteten mich dazu.
Das Rauchen einer Zigarette fühlte sich anders an. Alles wirkte cooler. Ich kam mir wie jemand vom Secret Service oder der CIA vor.

Um das passende Umfeld zu finden, besuchte ich oft Kneipen oder Hotels und trank dort etwas. Mit einem Whiskeyglas in der Hand und Leuten mit Anzügen um mich herum kam ich dem Agentengefühl noch näher. Im Straßenverkehr vermochte ich häufig den KGB hinter mir zu entdecken und auch das Leben in der Innenstadt spielte sich wie in einem Spionagefilm ab mit Gassen, Fotoapparaten und hübschen Frauen.

Zur Abwechslung sang ich auch einmal ganz laut auf der Straße Lieder wie: „So ein Tag, so wunderschön wie heute."
In meinen Streifzügen durch die Stadt deutete ich die Nummernschilder der Autos. Jede Zahl und die Buchstabenkombinationen hatten eine Bedeutung und ich bezog sie auf mich. Taxis brachten mich völlig aus dem Konzept. Sie kamen mir wie die Sheriffs der Stadt vor, weil sie alles wussten, besonders viel über mich. Ich hatte das Gefühl, dass mich die Fahrer am Taxistand genau kennen. Genauso verhielt es sich mit den Busfahrern.

Wenn Leute am Handy telefonierten, dachte ich, es würde über mich geredet. Zum Beispiel was ich gerade gemacht habe oder wohin ich jetzt gehe. Manchmal kam mir wirklich alles arrangiert vor. Wo ich bestimmte Leute traf, vor allen Dingen wann und was diese anhatten, war alles genau geplant. Selbst Kinder und Tiere spielten dabei eine Rolle.

Den Film „Die Truman Show“ spürte ich hautnah am eigenen Leibe, und das sehr intensiv. Ich hatte den Film schon vorher gesehen, doch half mir das damals nicht. Es kam mir oft so vor, als wäre ich in der Stadt die Hauptperson.
Das war alles auszuhalten, denn mir ging es blendend. Alles an mir, auch mein Innerstes, fühlte sich so gesund an.

Der 2. Weltkrieg trat irgendwann so richtig in mein Leben. Ich sah Szenarien und dachte ab und zu, ich wäre Stalin, Goebbels oder Churchill.
Ich ging einmal als Josef Stalin durch meine Heimatstadt als wäre es Berlin nach dem Krieg. Ich durchlebte Gefühle der Qual und Erniedrigung eines KZ-Häftlings beim Hören der Musik der „Böhsen Onkelz“. Hier verspürte ich den Druck der SS und ich musste weinen.
Der D-Day ließ mich nicht los und ich fühlte mich kurz vor dem Verlassen der Wohnung wie in einem Landungsboot auf hoher See. In solchen Momenten trieb mich mein Adrenalin.
Ich stand als Paulus auf einer Brücke und schaute auf die Wolga. In Wirklichkeit war es 1999 und ich befand mich zu Hause. Es war auch kein Krieg.
Ich wurde zum Schatzjäger. Meine Forschungen nach dem Bernsteinzimmer blieben jedoch leider ergebnislos.
Ab und zu knallte ich mich mit dem ganzen Körper auf den Bürgersteig und feuerte ein imaginäres Maschinengewehr ab. Auch spielte ich GI oder war ein Angehöriger der Wehrmacht.

Einmal verspürte ich die Verspieltheit und die Unschuld eines kleinen Kindes. Mich belastete in diesem Augenblick nichts. Ich kam mir wie ein 8-Jähriger vor und schlenderte so lächelnd durch die Stadt. Mit der linken Hand prellte ich einen unsichtbaren Basketball. Mein kindliches Gemüt hielt jedoch nur kurz an.
Dafür durfte ich mich auch einmal als Frau fühlen. Jedenfalls bildete ich mir das ein.

Hilflos und außer Kontrolle dauerte es nicht lange, bis ich wieder harte Drogen probierte und auf eine Technoparty ging.

Das verstärkte natürlich noch mein inneres Durcheinander. Ich wollte die unbeschwerte Leichtigkeit und das Lebensgefühl vergangener Tage wieder zurückholen. Denn eigentlich hatte ich die Drogen hinter mir gelassen.

An einem Wochenende im Juli verbrachte ich zuerst den ganzen Samstag bei einem Dealer. Anschließend ging es zu einem Kumpel auf eine Kirmes und zum Schluss landete ich auf einer Open-Air-Technoparty.
Dort zog ich im Auto mit jemandem Kokain. Meine Begleitung meinte zu mir: „Er zieht wieder Koks." Er schien sich zu freuen.
Die Droge wirkte wie Gift für meinen eh schon hochgefahrenen Körper. Nach einer durchgemachten Nacht und körperlich am Limit schaffte ich es irgendwie nach Hause ins Bett.
Ich hätte an diesem Wochenende draufgehen können, denn ich aß und trank in meinem Rauschzustand kein bisschen.

Die Leute im Hilton bemerkten natürlich auch meine Veränderung und bestellten mich nach dem vierten Mal nicht mehr. Die Lehre in meinem Wunschhotel konnte ich mir abschminken.
Damit begann eine schmerzhafte Odyssee. Ich wollte unbedingt in einem Hotel kellnern. Zusehends wurde ich jedoch hilfloser.
Ich machte mich daran, eine Lehrstelle zu finden, ein Ding der Unmöglichkeit im Sommer für September was zu finden. Erst Recht in dem Drunter und Drüber, in dem ich mich befand.
Das Telefonbuch bot mir eine schöne Übersicht über alle Hotels und Gaststätten der Stadt. Bei manchen Häusern ging ich persönlich vorbei und hätte sogar bei einem Chinesen als Kochlehrling anfangen können. In einem Hotel quasselte ich die Personalfrau eine halbe Stunde zu.
Es hagelte Absagen. Schließlich fand ich dann doch einen Ausbildungsplatz bei einem Gaststättenverbund, wo die Lehre in verschiedenen Häusern zu absolvieren war. Im Oktober sollte das Ganze beginnen.

Doch noch war ich ständig auf Achse. Mit wenig Schlaf und Essen streifte ich durch die Weltgeschichte.

Meine Mutter machte sich Sorgen und sagte oft zu mir: „Dir geht's nicht gut", und sie bat mich immer wieder doch in ein Krankenhaus zu gehen. Das verstand ich wiederum nicht, es fühlte sich alles so gut an.
Irgendwann lag meine Mutter auf der Gynäkologie und in meinem gebeutelten Hirn bildete ich mir ein, meine Mutter müsste sterben, und deshalb sollte ich ins Krankenhaus um mich gegen den Schmerz abzufedern.

An einem Sonntag im Juli 1999 sollte es dann soweit sein.
Den ganzen Tag schien die Sonne. Ich war wieder irgendwo unterwegs. Doch gegen Abend entstand bei mir im Gehirn ein Gefühl des Überkochens, vergleichbar mit dem Zustand nach einem langen, lauten Schrei.

Meinem Vater eröffnete ich den spontan gereiften Entschluss in die Klinik zu gehen. Er zeigte sich erleichtert und bot an mich zu fahren. Doch so einfach ging es nicht über die Bühne. Es kostete dann doch Überwindung.
Schließlich machte ich mich allein auf den Weg. Ich fuhr mit dem Auto noch ein bisschen herum und hörte Edith Piaf. Gegen 21 Uhr stellte ich mein Auto in einer Nebenstraße ab und ging zu Fuß mit einer Reisetasche über der Schulter ins Krankenhaus. Ich weinte und machte immer wieder eine Pause beim Laufen. Ab und zu kam ein gepresstes „Nein" über meine Lippen. Der Weg zur Klinik kam mir wie Stunden vor. Erschöpft kam ich dort an.

Eine ziemlich hübsche Ärztin nahm mich dann auf. Trotz meiner schlechten Verfassung kam ich ins Erzählen. Stolz zeigte ich ihr eine große, halbkreisförmige Narbe am Oberarm, die sich, für mich unbemerkt, gebildet hatte. Ja, ich flirtete sogar mit ihr. Meine gute Laune kehrte allmählich wieder.

Letztlich landete ich auf der „Psychosomatik" in einem Einzelzimmer. Es sollte mein Zuhause für die nächsten drei Wochen sein und ich konnte mich schonend auf diverse Krankenhauszimmer vorbereiten, die ich später bewohnte.

Manche hatten ein Gitter vor dem Fenster oder waren von solchen Experten bewohnt, die früh um halb fünf Mitpatienten wegen einer Zigarette aufwecken. Aber das wusste ich damals noch nicht.

Bevor ich mich an diesem Abend schlafen legte, saß ein Pfleger noch mit mir im Raucherzimmer. Die Station schlief schon. Ich bekam irgendwelche Downers zum Runterkommen und eine Tablette, die ich nicht kannte, meine ersten Psychopharmaka. Mir fiel Michael Schuhmacher ein, der sich am gleichen Tag in England bei einem Rennen das Bein gebrochen hatte und auch ins Krankenhaus musste. Ich hatte immer noch nicht richtig realisiert, dass ich in der Psychiatrie angekommen war.
Die Tabletten wirkten ziemlich schnell und beruhigten meinen Körper. Ich musste leise lachen. Entspannt und weggetreten schlief ich irgendwann ein.

Zwei Tage später besuchte mich ein alter Schulfreund und auch ein Kumpel aus der Drogenzeit schaute vorbei. Inzwischen wieder erholt, aber immer noch zu gut drauf, faselte ich etwas von: „Mir geht's nicht schlecht. Is OK“ und „Bin versorgt, habe hier alles“.
Die Psychiatrie war sicher auch der zu diesem Zeitpunkt richtige Ort für mich. Ich gelangte durch vorgegebene Essens- und Schlafenszeiten wieder ein Stück zurück zum normalen Leben, hatte Unterhaltung mit Leuten, denen es ähnlich ging und Schwestern, die sich um mich kümmerten. Die Schattenseiten ließ ich nicht an mich heran.
In den drei Wochen auf der „Psychosomatik“ wandelte ich nur durch die Gegend. Ich fühlte mich immer noch blendend. Meine Mutter musste auch nicht sterben. Das Hauptaugenmerk lag auf bequemen Sitzen und viel Reden. Manche Patienten konnten interessante Dinge erzählen. Jemand erzählte mir etwas von berühmten Kunstwerken. Ein Dolmetscher klärte mich auf, dass die chinesische Sprache kaum erlernbar sei.

Mir bereitete es Freude am Kaffeenachmittag mit Senioren selbstgebackenen Kuchen zu essen oder Patienten beim Frühsport zu beobachten.

Ein klassisches Lied hörte ich dazu gerne auf einem geborgten Walkman. Im Aufenthaltsraum der Station stand eine teure Musikanlage. Davon begeistert legte ich mir ein paar Monate später ein ähnliches Modell zu.

Das Klinikpersonal ließ mich in Ruhe machen. Es klärte mich jedoch keiner über meine Krankheit auf. Ich hätte es wahrscheinlich beiseite geschoben.
Streit gab es manchmal um die Gestaltung des allabendlichen Fernsehprogramms. Die Älteren standen auf Volksmusik. An fast jedem Tag in der Woche lief auf irgendeinem Sender Hansi Hinterseer & Co. Und auch sonst gab es ab und zu kleine Reibereien zwischen den Patienten auf der „Psychosomatik“. Es wurde gelästert oder sich auch mal angegiftet. Ich hatte so sehr mit mir selbst zu tun, dass ich mich aus solchen Sachen heraushielt.

Wir machten auch gelegentlich Ausflüge. Mir machte es nichts aus mit der „Klappse“ auf Wandertag in die Stadt zu gehen. Eine Mitpatientin trug zum Beispiel einen Rock über ihrer langen Hose und sah aus wie eine wandelnde Altkleidersammlung. Dazu hörte man sie kilometerweit reden.
Im Dutzend zogen wir durch die Stadt, die ich ein paar Wochen zuvor als Geheimdienstagent durchstreift hatte.

Mit einer Mitpatientin freundete ich mich an. Sie studierte Musik und wirkte sehr zerbrechlich. Mit ihrer Zurückhaltung und meinem Sturm und Drang konnte es jedoch nicht gut gehen.
Eine andere Frau machte mich immer wieder an, was ich damals nicht bemerkte. Ich lebte zu sehr in meiner eigenen Welt, als dass ich davon Notiz nahm.

Ich bekam Tabletten verordnet. Mein Medikament hieß Zyprexa und sollte den Trip, der schon so viele Wochen dauerte, beenden. Doch ich kam einfach nicht zur Ruhe.
Es war eigentlich eine ernste Situation, doch verblendet von der guten Laune wischte ich alles Negative zur Seite.
Dazu war die Manie, denn die hatte ich, zu intensiv.

Das Klinikum, in dem ich behandelt wurde, hatte neben den üblichen Stationen und der Psychiatrie auch eine Tagesklinik, in die ich nach drei Wochen überwiesen wurde. Die Behandlungszeit dort erstreckte sich nur von 8-15 Uhr und sollte als Übergang dienen. Mit Hilfe von Arztgesprächen und Beschäftigungen wie Malen oder Korbflechten sollte der Weg zurück in den Alltag gefunden werden.
Das hellte meine Stimmung noch zusätzlich auf, konnte ich nun wieder in meinem Bett übernachten und das gute Gefühl richtig ausleben. Gleichzeitig hatte ich den Schutz des Krankenhauses.
Mein Rededrang war ungebrochen und so machte ich in der Tagesklinik sämtliche Schwestern an, bis mich der Chefarzt, mit einem Hinweis auf seine eigene Jugend, zur Räson bat. „Ich war auch mal jung", meinte er nur zu mir.
Ich hatte die Muße während der Therapiezeit ein asiatisches Massagestudio zu besuchen oder Seidenschals zu bemalen. Ein tunesischer Mitpatient bereitete mit uns Cous Cous zu.

In der Zeit der Tagesklinik rauchte ich abends meine Tüten und ging auf eine Technoparty, wo ich eine mir unbekannte Tablette einwarf, die ich von meiner Ärztin erhalten hatte. Doch ich verspürte keine unmittelbare Wirkung. Zur Krönung arbeitete ich als Aushilfe in einem Hotel. Freitagvormittag absolvierte ich noch eine Musiktherapie und redete mit depressiven Frauen, abends servierte ich betuchten Rentnern teuren Wein und Entenbrust.
Noch befand ich mich in der Psychiatrie, doch meiner Begeisterung für die Gastronomie tat dies keinen Abbruch. Die Ausbildung hatte ich immer noch im Blick.
Als ich meinem Vater von meinem Entschluss erzählte eine Gastronomielehre anzufangen, wäre er fast „nicht wieder geworden". Er meinte: „Es gibt kaum 50-jährige Kellner." Er wurde richtig laut, weil er mir Enttäuschungen und eine harte Zeit ersparen wollte.
Doch auch dadurch ließ ich mich nicht von meinem Ziel abbringen. Mein Traum war es, in einem Hotel in Las Vegas zu arbeiten. Und dazu brauchte ich einen deutschen IHK-Abschluss.

Doch erst einmal musste ich wieder runterkommen. Seit über zwei Monaten hielt sich nun schon das extreme Hoch.

8. Ein tiefes Loch tut sich auf

Neben den Medikamenten rauchte ich zu allem Überfluss noch Gras. Dieses Überbleibsel aus der Drogenzeit hatte ich immer noch nicht sein lassen. Das sollte sich bald furchtbar rächen. Die Manie endete abrupt in einer Neubauwohnung nach einer Bong.
Zu viert spielten wir Playstation. Auf einmal machte es Klick in meinem Kopf. Angst stieg in mir hoch. Die Situation in der Wohnung entfernte sich, es hatte sich alles verschoben. Ich fühlte mich plötzlich sehr unsicher.

Hastig verabschiedete ich mich und fuhr davon. Im Auto begann ich alles und jeden zu fürchten. Ich dachte, mein Fahrzeug wird angegriffen, dabei schaltete die Ampel nur auf Rot und mein Hintermann überholte mich und bog auf die Linksabbiegerspur ab. Das Gefühl, dass jeder einen beobachtet und auslacht, kannte ich bis dahin auch noch nicht. Alles hat sich gegen dich verschworen und die Leute reden über dich, schoss mir die ganze Zeit durch den Kopf. Entfernt hörte ich immer wieder eine Hupe und ich spürte die gebündelte Kraft der ganzen Stadt gegen mich. Die Energie und die positiven Gedanken der vergangenen Wochen wichen Gefühlen der Kraftlosigkeit und nackter Angst.

Das Glücksgefühl war zu Ende.

An diesem Freitagabend wusste ich nicht, wo ich hin sollte oder wer mir helfen könnte. Getrieben von Panik fuhr ich Richtung Klinik. Doch ich getraute mich nicht in die Notaufnahme. Ich blieb im Auto sitzen und fühlte mich schutzlos aller Welt ausgeliefert. Das Denken verlangsamte sich. Ich konnte keinen klaren Gedanken mehr fassen. In der Hoffnung auf Besserung am nächsten Tag fuhr ich nach Hause und legte mich hin.

Doch es wurde nicht besser. Im Gegenteil, die ganze Situation fuhr sich in meinem Kopf fest. Ein handfestes Tief mit seiner ganzen Kraftlosigkeit, Schwere und Ausweglosigkeit hatte sich breitge-

macht. Ein grauer Vorhang hing vor meine Augen. Selbstmordgedanken kamen hinzu.
Doch ich wusste nicht, wie ich mich umbringen sollte, und hatte auch gar nicht die Kraft dies durchzuführen.

In meiner Not rief ich die Auskunft an und erkundigte mich nach einem Sorgentelefon. Aufgelöst redete ich schließlich mit einem Pfarrer, aber der konnte mir auch nicht so richtig helfen.
Es blieb mir nur der Notruf. Die ganze Welt, selbst der Pfarrer und die Leute von der Einsatzzentrale, kam mir kalt und hart vor. Ich brauchte einfach nur Wärme oder jemand, der mich in den Arm nimmt.
Doch erst einmal erzählte ich dem Menschen vom Notruf etwas von Selbstmord und bat um einen Krankenwagen. Der kam dann auch prompt. Nur leider hielt er vor meinem Wohnhaus und nicht wie von mir gewünscht etwas oberhalb in meiner Straße.
Ich hatte nicht mehr die Kraft Sachen zusammenzupacken. Etliche Nachbarn schauten aus ihren Fenstern, als ich ins Auto stieg. Mit Blaulicht ging es dann durch die Stadt in die Klinik. Ich fühlte mich mies und völlig durcheinander kauerte ich auf der Trage. Zum Glück konnte keiner in den Einsatzwagen hineinschauen.

Im Krankenhaus angekommen hoffte ich, dass mich keiner erkennt. Der diensthabende Arzt war mir zu allem Überfluss unsympathisch und noch dazu ein Mann. Er konnte meine schlechte Verfassung auch nicht wegzaubern. Viel lieber hätte ich mit einer Frau über meine Probleme gesprochen.

Die sollte ich dann auf der Psychiatrie 1 treffen, auf die ich schließlich geführt wurde.
Niedergeschlagen hockte ich mich in den Raucherraum. Dort setzte sich irgendwann ein hübsches Mädchen neben mich. Das hatte ich jetzt gebraucht. Hilflos und nach Wärme suchend fing ich ein Gespräch an. Mir kam alles so grau und verzerrt vor. Sie zeigte Verständnis. Ich fand trotzdem nicht, was ich eigentlich suchte. In meiner Situation wollte ich in den Arm genommen und getröstet werden. Doch das fremde Mädchen hatte andere Dinge mit mir vor.

Wir unterhielten uns eine Weile und spielten dann auf ihrem Zimmer Halma. Das konnte ich gerade so noch. Mir gefielen von meiner neuen Bekanntschaft die blonden, gelockten Haare und ihre schlanke Figur.
Wir landeten irgendwann zusammen im Bett. Sie bewohnte ein Einzelzimmer. Ohne Verhütung schliefen wir miteinander. Ich hatte noch den klaren Kopf vorm Höhepunkt das Ganze abzubrechen. „Wir dürfen das nicht tun", sagte ich immer wieder.
Unsere Zigaretten rauchten wir auf der Toilette.
Als sie am nächsten Morgen neben mir noch friedlich schlief, gab ich ihr einen Kuss und verschwand aus dem Zimmer. Mir ging es immer noch schlecht. Das Halmaspiel brachte ich zurück in den Aufenthaltsraum. Eine ältere Schwester fragte mich: „Na, noch alles dran?", worauf ich nur mit einem „Hmm" antwortete.
Ein Jahr später lud mich mein Krankenhausabenteuer zu sich nach Hause ein. Ein uneheliches Kind fand ich nicht vor.

Ich wusste nicht weiter und verließ die Klinik wieder mit dem Hoffnungsschimmer auf Besserung. Zu Hause kamen Verwandte zu Besuch, unter anderem meine gleichaltrige Cousine. Das hatte mir jetzt noch gefehlt.
Irgendwie ging auch das vorbei, aber wie sollte es weitergehen. Hin- und hergerissen versuchte ich die verfahrene Situation stationär zu lösen. Vielleicht gab es ein Medikament, dass mich wieder fit macht.

Doch diesmal bot mir die Psychiatrie keine unbeschwerten Gefühle wie ein paar Wochen zuvor. Ich fühlte mich wehrlos und fand auch nicht so richtig Anschluss bei den anderen Patienten. Alles hatte sich ins Negative gedreht. Selbst die Ärztin denkt schlecht über dich und die Kioskbesitzerin lacht dich aus, waren meine Gedanken. Ich getraute mich kaum von der Station weg. Auf meinem Zimmer lagen zwei Alkoholiker, die gerade einen Entzug machten. Es war kaum auszuhalten.
Ich brauchte einen anderen Ort um wieder auf die Beine zu kommen. Als alle an den Fenstern mit ihren Brillen die sehr seltene Sonnenfinsternis beobachteten, stand ich nur im Abseits. Jeder kam mir so herzlos vor.

Meine Eltern besuchten mich gleich am zweiten Tag und befreiten mich wenigstens ein bisschen von meinen Leiden. Sie erzählten mir vom Landesfachkrankenhaus in Mühlhausen.
Die dortige Psychiatrie läge idyllisch in einer groß angelegten Parkanlage mit Kegelbahn, Fußballplatz und Schwimmbad. Die Patienten würden in verschiedenen „Villen“ behandelt.
Das hörte sich gut für mich an. Meine Mutter kannte diese Einrichtung, weil sie als Sozialarbeiterin für Menschen mit einer psychischen Erkrankung arbeitete und daher den Ort schon einmal gesehen hatte.

Ich wollte so schnell wie möglich dorthin verlegt werden. Das klappte auch ziemlich reibungslos und meine Eltern fuhren mich an einem Samstag nach Mühlhausen. Sie meinten, dass es mir dort bestimmt gefallen würde. Auf der Fahrt schaute ich immer wieder traurig aus dem Fenster.

Mit einer Reisetasche bepackt ging ich zur Aufnahme ins Haus 5.
Die Villa besaß eine Terrasse, auf die ich mich gleich setzte. Ich zündete mir eine Zigarette an und lehnte mich zurück. Der Druck und die Anspannung der vergangenen Tage legten sich etwas. Ich kam zur Ruhe und fühlte mich auch gleich wieder wohler in meiner Haut. Eine Frau nickte mir zu. Endlich hatte die rastlose Zeit und das Suchen nach dem richtigen Ort ein Ende. Die vergangenen acht Tage hatten es in sich gehabt.

Jetzt musste nur noch das intensive Gefühl der Hoffnungslosigkeit verschwinden. Dazu gab ich mir 9 Wochen, dann wollte ich die Lehrstelle als Hotelfachmann bei dem Ausbildungsverbund anfangen.

An meinem ersten Tag nahm mich ein Mitpatient in die Kantine zum Mittagessen mit. Frühstück und Abendbrot aßen alle im Haus. Das Patientencafé hieß U-Boot und hatte neben einer Bibliothek auch einen großen Saal. Am Haupteingang befand sich ein Geldautomat, eine Imbissbude und ein Lebensmittelladen. Mir gefiel der große Springbrunnen und die vielen Blumen vor dem Verwaltungsgebäude.

Mühlhausen beherbergte auch eine geschlossene Abteilung. Das Haus 22 mit Gittern vor den Fenstern sollte ich wenig später auch kennenlernen.
Mitten in der ganzen Anlage stand die Forensik für straftätige psychisch Kranke. Sie war sehr hoch eingezäunt. Die Gefangenen spielten immer Volleyball.
Der Park bot sich zum Spazierengehen an, war alles sehr weiträumig und schön gepflegt. Wer wollte, konnte zum nahe gelegenen Schwanenteich laufen oder mit dem Bus in die Stadt fahren, ein idealer Platz also zum Gesundwerden, dachte ich.
Doch erst einmal sah ich nicht die schönen Seiten des Landesfachkrankenhauses.

Meine ganze Hoffnung setzte ich in den behandelnden Arzt. Mir gefiel seine direkte Art und sein trockener Humor. Das hatte ich jetzt gebraucht.
Beim Aufnahmegespräch stellte er mir alle möglichen Fragen und ließ mich auf einem Bein hüpfen. Ich wurde in die Röhre geschoben, außerdem zum EKG geschickt und meine Gehirnströme wurden gemessen. Einen Intelligenztest musste ich über mich ergehen lassen. Der fiel gar nicht mal so schlecht aus, obwohl es mir immer noch dreckig ging. Auch bei den Untersuchungen fanden die Ärzte nichts.

Ich bekam Antidepressiva, zwei weitere Medikamente und eine Tablette gegen die Nebenwirkungen. Dreimal am Tag schluckte ich die Psychopharmaka, die nichts mit den Pillen von früher zu tun hatten.
Es tat sich eine Weile nichts, außer dass mein Mund austrocknete, die innere Unruhe zunahm und ich einen unbändigen Appetit entwickelte. Ich holte mir immer mindestens zweimal Nachschlag zum Mittagessen und war trotzdem nicht satt.
Durch die Medikamente tappte ich, ständig müde, wie paralysiert durch die Gegend. Nach zwei Wochen wechselte mein Arzt die Tablettensorte. Mein Zustand veränderte sich kaum zum Besseren.

Ich bewohnte ein 2-Bettzimmer. An einem Morgen wachte ich auf und sah neben mir einen Neuzugang, der in der Nacht eingeliefert wurde. Er hatte einen Selbstmordversuch hinter sich.

Wir verstanden uns von Anfang an prächtig, gingen ins Kino oder in ein Spaßbad. Ein Jahr später sah ich ihn zufällig wieder. Es ging ihm bedeutend besser.

Mit anderen Patienten spielte ich oft Fußball auf dem nahe gelegenen Rasenplatz, auch mit örtlichen Jugendlichen, die uns Angehörige der Klinik ganz normal behandelten. An einem Nachmittag gab mir ein manischer Journalist über eine Stunde Flanken von außen. Ich versuchte sie im Tor unterzubringen.
Es schien meistens die Sonne und so gingen viele von uns oft ins Schwimmbad, welches sich nur wenige Meter von Haus 5 befand.
Alles hätte der reine Erholungsurlaub sein können, wenn ich besser drauf gewesen wäre.
Ich hatte zum Beispiel nicht die Muße mich mit den anderen in den Abendstunden auf die Terrasse zu setzen und mich zu unterhalten.
Ich lag oft im Bett und spielte mit dem Fuß an der Gardine herum.
Beim Skat machte ich manchmal mit. Das baute mich wenigstens einigermaßen auf.

Mein einzig wirklicher Lichtblick war das Lesen der „Sport Bild" jeden Mittwoch. Dazu musste ich einen Teil der Visite schwänzen, um rechtzeitig früh um acht noch eine Ausgabe am Kiosk zu bekommen, weil meist nur zwei oder drei Exemplare angeboten wurden. Ich las jeden Artikel in der Zeitschrift durch, so fand ich wenigstens für zwei Stunden ein bisschen Ablenkung.

Die melancholische Stimmung und die Traurigkeit verschwanden nicht durch die Aktivitäten und Medikamente.
Ich sah kein Licht am Ende des Tunnels, auch die Therapien brachten mich nicht weiter. Zur Ergotherapie musste ich mich jedes Mal hinschleppen. Ich malte trotzdem einige Bilder und töpferte etwas. Der wöchentliche Sport war der blanke Horror.

Mitten im ganzen Klinikaufenthalt musste ich zu einem Vorgespräch für die Ausbildungsstelle als Hotelfachmann nach Erfurt. Die Lehre gab mir Halt, hatte ich dadurch doch ein Ziel und konnte mich daran aufrichten.

Mein Vater holte mich an einem Dienstag ab und es ging zu dem Hotel- und Gaststättenverbund. In einem Raum saßen an die 20 Jugendliche, die dem Chef der HOGA lauschten. Es wurde der ganze Ablauf der Lehre vorgestellt. Sie sollte über drei Jahre gehen und mit dem von mir so heiß begehrten IHK-Abschluss enden.
In der HOGA-Ausbildung wurden die Lehrlinge jeweils für sechs Monate in die verschiedenen Häuser geschickt, sodass wir am Ende in mehreren Betrieben gelernt hatten.
Während des ganzen Vortrags fühlte ich mich unwohl in meiner Haut und hoffte, dass alles bald vorbei war. Das abschließende persönliche Gespräch mit dem Chef der HOGA lief dann nicht schlecht und so fuhr ich hoffnungsvoll mit meinem Vater zurück nach Mühlhausen, um mich weiter behandeln zu lassen.

Am nächsten Tag stolperte ich auf dem Klinikgelände über den Chefarzt. Er wollte mein Zimmer sehen und erkundigte sich nach meinem Bettnachbarn. „Die blöden Ecstasy-Pillen“, hörte ich ihn sagen. Dabei lag es nicht nur daran.

Die Wochen vergingen. Mein Zustand veränderte sich kaum zum Besseren. Die Dosis und die Art der Tabletten wurden ständig geändert. Nichts half, im Gegenteil die Medikamente dämpften mich noch mehr. Emotionslos und wie weggetreten wirkte alles wie verschleiert. Meine Stimmung befand sich im Keller. Lachen war ein Ding der Unmöglichkeit. Weinen konnte ich aber auch nicht. Fast jede Handlung fiel mir schwer. Keiner konnte mir helfen.

Wenigstens verstanden sich die Patienten gut.
In der Psychiatrie, das sollte ich bald merken, ist es ein bisschen anders als draußen. Alle gehen sehr offen miteinander um, als ob man sich schon ewig kennt. Trotz manchmal auftretenden Meinungsverschiedenheiten kommt es eigentlich nie zu Handgreiflichkeiten zwischen den Patienten. Klar wird auch mal gelästert, aber häufig entstehen enge Bindungen und gute Gespräche im Krankenhaus.

In dem Glauben, die Psychiatrie hinter mir gelassen zu haben, verließ ich Anfang Oktober Mühlhausen. Gut ging es mir nicht, aber ich war gerade dazu imstande die Lehre anzufangen. Die Abschlussmedikation beinhaltete vier verschiedene Sorten von Tabletten, die ich fortan regelmäßig nehmen sollte.

Endlich konnte ich wieder im eigenen Bett übernachten, bekam jedoch bei der Ankunft zu Hause ein komisches Gefühl, weil mich ein paar Wochen zuvor der Krankenwagen von dort abgeholt hatte.
Es war schön wieder ins Auto zu steigen. Trotz der Tabletten hatte ich von den Ärzten die Erlaubnis bekommen, weiterhin ein Fahrzeug führen zu können. So drehte ich am Tag meiner Ankunft mit dem Audi ein paar Runden. Ich war froh, dass ich den Wagen nach dem ganzen Stress noch besaß. Er fuhr zuverlässig wie immer.

Ich war leider nicht so gut in Schuss wie mein Auto. Alles wirkte wie verschleiert, doch mein Wille und die Motivation im Hotel zu arbeiten waren ungebrochen.

In drei Tagen sollte die Lehre beginnen.

9. Mit einem langen Atem wird es besser

Ein neues Kapitel in meinem Leben begann im Oktober 1999. Nach meinen Vorstellungen sollte es mit einem IHK-Abschluss enden. Anschließend würde mir die Welt offen stehen. Städte wie München, Los Angeles oder Las Vegas waren meine damaligen Wunschziele.

Die dreijährige Lehre als Hotelfachmann beinhaltete eine Probezeit, die genau an Silvester ablief. Ich setzte mich gehörig unter Druck auch im Januar noch den Ausbildungsplatz zu besitzen. In die Waagschale konnte ich meinen Willen werfen, jeden Tag motiviert und pünktlich am Arbeitsplatz zu erscheinen.
Weniger günstig war die Tatsache, dass der wochenlange Aufenthalt in Mühlhausen kaum gesundheitliche Besserung brachte. Mir ging es beileibe nicht gut, als ich am ersten Tag mit einem weißen Hemd und schwarzer Hose über dem Kleiderbügel an der Rezeption stand und auf meine Lehrausbilderin wartete.
Das Empfinden meiner unmittelbaren Umwelt spielte sich in Moll ab. Es wirkte alles verzerrt, gedämpft und grau.

Das Hotel, in dem ich die ersten sechs Monate eingesetzt wurde, stand vor den Toren der Stadt an der Autobahn. Es besaß 4 Sterne und war für Tagungen, Seminare und Veranstaltungen ausgelegt.
Die Nacht in einem der 194 Zimmer kostete 140 DM. Im Erdgeschoss befanden sich 13 Bankettträume, ein Restaurant, der Wellnessbereich, Sitzmöglichkeiten, die Rezeption und eine Bar.
Mir gefiel leider der hellgrün gemusterte Teppich nicht und auch nicht meine in Pastellfarben gehaltene Weste.
Doch das spielte keine Rolle, erfüllte sich doch der Wunsch vom Sommer, über einen längeren Zeitraum in einem Hotel zu arbeiten.

Ich wurde in der Tagungsbetreuung eingesetzt. Zwei Facharbeiter und zwei Lehrlinge kümmerten sich um den reibungslosen Ablauf der Veranstaltungen. Das beinhaltete den Auf- und Umbau der Tische und Stühle in den einzelnen Räumen, das Bewirtschaften der Kaffeepausen, das Eindecken der Tische mit Getränken und Notizblöcken, das Absprechen mit den Seminarleitern der Pausenzeiten und verschiedener kleinerer Arbeiten wie volle Aschenbecher austauschen, Kaffee kochen und Geräte wie Beamer oder Fernseher anschließen. Die örtliche Sparkasse tagte oft, regelmäßig auch Firmen wie Würth, MAN oder Vorwerk.

Mir fiel es am Anfang schwer alles zu begreifen und ich war zu langsam. Die Personalchefin und meine direkten Kollegen zeigten zum Glück Verständnis für meine Startschwierigkeiten. Von meinem zurückliegenden Klinikaufenthalt erzählte ich jedoch keinem etwas.

In der Küche und im Service herrschte dagegen ein rauherer Umgangston. Das Personalessen erhielt ich von den Köchen, was manchmal nicht ohne Bemerkungen ablief wie: „Hab' keine Zeit" oder „Aber schön aufessen".
So richtig wehren konnte ich mich anfangs nicht.

Der Küchenchef jedenfalls verhielt sich mir gegenüber immer fair und half auch, als ich mal an einem Sonntag an der Spüle eingesetzt wurde. Er gab mir keinen schönen Spitznamen, „Schleicher" musste ich mich anfangs von ihm rufen lassen.
Im Restaurant wäre ich in den ersten Monaten gnadenlos untergegangen. Dort hätte ich wegen der Hektik, den Anforderungen und weniger verständnisvolleren Kellnerinnen sehr früh kapitulieren müssen.
In der Tagungsbetreuung bewies ich guten Willen, war immer pünktlich, sauber angezogen und irgendwann steigerte ich mich auch.

Gesundheitlich ging es jedoch kaum voran. Die Massen an Tabletten schluckte ich brav hinunter. Das einzige was mir blieb, war die Hoffnung auf Besserung. Alles verlief sehr zäh und ich schleppte mich mehr oder weniger jeden Tag zur Arbeit. Aufgeben kam jedoch nicht in Frage. Die Schichten im Hilton bedeuteten damals eine einzige Party, während es am Anfang der Lehre nur ums Durchhalten ging. Höhepunkte blieben in den ersten Monaten das Kennenlernen neuer Tätigkeiten und die stetige Verbesserung meiner Leistung. Doch ich musste mich ganz schön durchbeißen.

Eines Tages nahm mich die Personalchefin zur Seite und erkundigte sich. Sie sagte im Laufe des Gesprächs: „Ich habe auch Probleme." Sie sah anscheinend mein Bemühen und ich erhielt mehr Zeit. Was ich bekam, war wertvoll.

Die größte Überwindung kostete allerdings der alle drei Wochen vorgesehene Besuch der Berufsschule. Ich mit meinen 22 Jahren saß in einer Klasse mit lauter 16- und 17-Jährigen, die dauernd an ihren Handys herumspielten, die sich damals immer mehr verbreiteten. Ich hatte einen Aufenthalt in einer Klinik hinter mir, wo es so etwas nicht gab. Ich fühlte mich um Jahre zurückgeworfen, besaß ich in der Drogenzeit lediglich einen Pieper.

Den Schulstoff bewältigte ich ohne große Probleme, doch ich war immer heilfroh, wenn es Freitag wurde und ich die Woche geschafft hatte.
Meine Mitstreiter schrieben und spielten jedenfalls was das Zeug hielt. Ein Handy konnte ich nicht mein eigen nennen, wen hätte ich auch anrufen sollen. Die Kontakte zu Leuten von früher beschränkten sich auf vereinzelte Besuche oder seltenen Treffs.

So konzentrierte ich mich voll und ganz auf die Lehre. Die schreckliche Bong aus der Neubauwohnung war mir eine Lehre und ich ließ die Finger vom Gras. Die Abende verbrachte ich allein zu Hause im Kinderzimmer in der Wohnung von meinen Eltern, sah fern und trank Cola. Eine Wohnung konnte ich mir von meinen 400 DM Lehrlingsgehalt nicht leisten. Und da ich kaum Geld ausgab, kaufte ich im Dezember für 900 DM eine Musikanlage von Bose, an der ich in der Folgezeit viel Freude hatte.

Der Bekanntenkreis war inzwischen überschaubar geworden. Dazu war zu viel im Sommer passiert. Ich hatte mich oft sehr merkwürdig benommen und war mit meinem Verhalten auf wenig Verständnis gestoßen. Es war hart die zunehmende Einsamkeit zu akzeptieren. Ein paar Leute blieben mir zum Glück.

Das Millennium und auch das Ende der Probezeit rückten näher.

Die Tagungsbetreuung schloss über die Feiertage und wir wurden alle im Restaurant eingesetzt. Ich war inzwischen einigermaßen wieder auf dem Damm, allerdings noch einiges von den eigenen hohen Ansprüchen entfernt.
Ich strengte mich richtig an. Die Hotelleitung aß ihr Mittagessen immer im Restaurant. Und genau da wollte ich keine Fehler machen. Ich konnte den Anforderungen, die an mich gestellt wurden, immer mehr gerecht werden. Ich hatte mich „reingefuchst“. Als mir eine Tasse runterfiel, scherzten die Kellnerinnen „Er ist wohl verliebt.“ Das war aber in meiner Situation ein Ding der Unmöglichkeit.

Irgendwann hing der Dienstplan für Silvester in der Küche. Enttäuscht sah ich drauf. Silvester und Neujahr war mein Arbeitsbeginn 6.00 Uhr morgens. Der Bankettchef kam hinzu und meinte nur zu mir: „Da haben sie wenigstens abends frei.“
Die Silvesternacht hätte ich lieber im Hotel gekellnert. Die festen Lehrlinge hatten überwiegend auch Frühschicht, fingen jedoch am Neujahrsmorgen später an, weil sie bei der Silvesterparty eingesetzt wurden und in Hotelzimmern übernachten durften. Meine Lehre absolvierte ich im Endeffekt bei der HOGA und nicht im Hotel, wo ich mich nur sechs Monate befand. Ich sah die Schicht und das Übernachten im Hotel als ein Geschenk und feine Geste für die Lehrlinge an. Ich fühlte mich außen vor bei dem zu erwartenden rauschenden Fest.
Doch eigentlich wollte ich beim Start ins neue Jahrtausend einfach nur unter Menschen sein. Zur Not hätte ich auch die ganze Nacht Gläser gespült.
Hatte ich noch vor anderthalb Jahren keinerlei Probleme bei der täglichen Abendgestaltung, wusste ich nicht, wie ich das große Millennium feiern sollte. Und vor allen Dingen mit wem.

Am 31. Dezember 1999 arbeitete ich bis 15 Uhr. In manchen Momenten, auch während der Drogenzeit, kam mir immer einmal der Gedanke, mich zum Jahrtausendwechsel umzubringen. Doch dazu gab es an diesem Tag keinen Grund. Die Probezeit lief ab und ich setzte meine Hoffnung auf die Zukunft und ein Leben in der Gastronomie.

Meine Eltern gingen zum Glück gegen Abend weg. Ich legte mich gegen 22 Uhr hin und verschlief den großen Augenblick. Doch ich blickte an diesem Abend optimistisch in die Zukunft und das hielt mich am Leben.

Ich fuhr am nächsten Morgen zur Arbeit. Ich traute meinen Augen nicht. Die Kellner vom Hilton, von ihrer Veranstaltung kommend, saßen im Frühstücksraum. Zum Glück wurde ich zur Pause geschickt, weil sonst nichts los war. Als ich wieder hoch kam, half ich beim Aufräumen der Überbleibsel der Silvesterparty.
Der Barkeeper, der seine Sachen von der Nacht zusammenpackte, fragte mich, was ich in der Nacht gemacht hätte. Ich schämte mich und erzählte ihm irgendetwas. Auf ihn wartete eine hübsche Frau, mit der er wenig später verschwand.

Die Feiertage verliefen trotzdem gut. Die Arbeit im Service gefiel mir und es ging, als ich wieder zur Tagungsbetreuung wechselte, gesundheitlich aufwärts. Die Leiden der vergangenen fünf Monate waren vergessen. Mir fiel vieles wieder leichter. Auch die Anforderungen in der Arbeit konnte ich besser bewältigen. Ich empfand wieder Freude am Leben und sah die schönen Momente im Hotel.
Die tonnenschwere Last auf meinem Körper und die Schwere jeder einzelnen Bewegung mitsamt der ganzen Melancholie hatten sich verflüchtigt. Befreit atmete ich auf, auch weil es in der Tagungsbetreuung bei mir „Klick" machte.

Ich sah den Ministerpräsidenten, der zu Gast war. Von der Uhrenfirma Citizen, die eine Verkaufsveranstaltung durchführte, kaufte ich eine Uhr. Ein Seminarleiter von Fiat bedankte sich persönlich für den hervorragenden Service.
Ich durfte für eine Feier Bier zapfen, was mir gefiel. Die Tagungsräume bereitete ich inzwischen perfekt vor. Die zu erledigenden Arbeiten sah ich immer selbstständiger und wurde auch sicherer im täglichen Umgang mit Kollegen und Gästen. Ich fühlte mich wieder wohl in meiner Haut. Mein Geschmack für Essen kam wieder, und ich genoss das Personalessen. Mir schmeckte besonders die Kürbiscremesuppe.

Die Personalchefin lobte mich und sagte mir, dass ich im darauffolgenden Jahr für sechs Monate am Empfang eingesetzt werden würde. Im gleichen Hotel noch einmal arbeiten zu dürfen, bedeutete für mich eine gewisse Form von Anerkennung.

Meine Stimmungslage stieg. Und die Müdigkeit verschwand. Das lag auch daran, dass ich die vielen Tabletten satt hatte. Zuerst nahm ich die Medikamente unregelmäßiger. Schließlich ließ ich sie ganz weg. Aus heutiger Sicht kann ich mein Handeln damals verstehen. Ich kannte bis dahin nur Tabletten, die kurzfristig Besserung brachten, Mittel gegen Kopfschmerzen oder Heuschnupfen etwa. Die Drogen aus meiner Jugendzeit wirkten sich extrem positiv auf mein Wohlbefinden aus. Eine Ecstasy-Pille beförderte mich in eine andere Dimension. Für die Medikamente, die ich damals nahm, gibt es in der wirklichen Welt keinen Schwarzmarkt. Ich war richtig gutes Zeug gewöhnt und musste auf einmal etwas nehmen, was ich als Antidroge empfand, und wo ich keine unmittelbare Wirkung verspürte. Ich wurde durch das ganze Zeug nur müde, steif und ruhiger. Das lag vielleicht auch an der damaligen schlimmen Depression, doch wirklich verbessert hatte meine Lage das monatelange Pillenschlucken nicht.

Ich begann, als es aufwärts ging, wieder Gras zu rauchen. Mit dem Kapitel hatte ich eigentlich mit dem Beginn der Lehre abgeschlossen. Es dauerte nicht lange, bis sich das Kiffen negativ auswirkte. Auf der Suche nach der Hochzeit der Vergangenheit stolperte ich im Februar 2000 ins nächste Unglück, die nächste Manie kündigte sich an. Und die sollte lange dauern.

Ich fegte wie ein Wirbelwind durch die Welt, getrieben von einer Kraft, die mir in den Monaten zuvor noch fehlte.
Doch erst einmal merkte ich nicht, dass ich schon wieder begann ernsthaft die Kontrolle zu verlieren.
Eine bewegte Zeit stand mir bevor, in der ich unter anderem den Polizeipräsidenten traf und viele Nächte durchmachte.

10. Bewegende Wochen und keine Ruhe

Erst einmal genoss ich meine zurückgewonnene Energie. Die Erkenntnis, dass sie unnatürlich und nicht echt war, blieb mir wie schon im Jahr zuvor verwehrt.

Der Schleier vor meinen Augen verschwand immer mehr. Positivere Gedanken setzten sich durch. Ich konnte auf einmal wieder träumen und mehr Dinge genießen, was sicherlich auch daran lag, dass ich erneut zum Dealer rannte. Das Zeug, was ich dort kaufte, hob meine ohnehin schon phantastische Stimmung noch zusätzlich an.
Doch ich steckte mitten im Arbeitsprozess. Der Faden, an dem die Lehre hing, wurde lediglich immer dünner.

Meine Zeit im ersten Ausbildungsbetrieb neigte sich dem Ende zu. Ich sollte die sechs Monate vollmachen und anschließend in eine gutbürgerliche Gaststätte kommen.

Darauf freute ich mich schon und fieberte dem Neuen entgegen. Ich setzte mir in den Kopf, optimal vorbereitet dort auf der Matte zu erscheinen, und wollte mich im Hotel schon darauf vorbereiten.
Dazu baute ich Sitzanordnungen mit Tischen und Stühlen in Tagungsräumen, die unbenutzt blieben. Ich übte die Tragegriffe der Teller, das Servieren vom Tablett und das Abräumen. Dazu hörte ich Musik, die in den Bankettträumen aus der Decke kam. Meine Arbeiten erledigte ich nebenbei. Ich genoss die Stunden, wenn ich mir meine Freiheiten nahm. Was andere vielleicht dachten, schob ich beiseite.

Doch einfach so machen, was ich wollte, ging nicht lange gut. Ich wurde aufmüpfiger zu den Köchen, redete mehr und die Musikanlage in einem Tagungsraum schmorte durch.
Eigentlich war ich da schon für das Hotel nicht mehr tragbar. Von einem Lehrling wird eigentlich erwartet, dass er seine Arbeiten erfüllt und bestrebt ist ständig dazuzulernen. Ich dagegen lebte in dem ganzen Hotelalltag in meiner eigenen Welt.

Ich wurde auf die Etage als Zimmerjunge versetzt, wo es von Anfang an ordentlich Zunder von der Hausdame gab. Den Ausschlag für meinen Rausschmiss gab dann das freche Grüßen über den Rücken zur Hotelchefin. Im Vorbeigehen drehte ich meinen Kopf über die Schulter und zog mit einem flegelhaften „Tach“ von dannen.

Der Chef von der HOGA kam ins Hotel und ich wurde vom Fluresaugen in die Bar bestellt. Meine Lehrstelle behielt ich, doch ich musste meinen Spind räumen und das Hotel für immer verlassen. Der Hausmeister begleitete mich auf dem Weg hinaus und fragte, wie ich mich fühle. Ich sagte nicht ernst gemeint: „Ich könnte hier wieder mit dem Messer hineinspazieren.“ Das war nur so dahingesagt und passte auch nicht zu mir. Die Hotelchefin erfuhr den Satz. Es erfolgte ein Rundschreiben mit einer Warnung und die Lehrlinge bekamen in der Berufsschule Redeverbot mit mir.
Als ich an einem Dienstag im Februar das Tagungshotel verließ, setzte ich mich ins Auto, fuhr zu einem Aussichtspunkt und trank dort Grappa.

Meine Lehre ging weiter, doch ich war in meiner Lage hilflos. Wie im Vorjahr ging es mir zu gut.
Ich hatte einen bestimmten Punkt überschritten und dachte nach der Delle vom Vorjahr, dass nun alles wieder gut und ich gesund sei, denn ich besaß ein unglaublich schönes Körpergefühl, unbändige Kraft und die Gabe, mich hervorragend zu artikulieren.

Bevor es in der Gaststätte losging, entschloss ich mich für eine Woche nach Tunesien zu fliegen. Zurück kam ich immer noch manisch, meine Laune besserte sich immer mehr.
Wie im Vorjahr kurvte ich rastlos durch die Gegend. Meine Kraft schien ungebrochen.
Voller Tatendrang stellte ich mich bei meinem nächsten Lehrbetrieb vor. Es sollte ein kurzes Intermezzo werden. Ich war einfach nicht in den Griff zu bekommen. In meiner Aufgedrehtheit und dem ungebrochenen Rededrang verhielt ich mich auffällig.
Es ging eine Weile gut, doch wie in dem Betrieb zuvor passte ich ab einem bestimmten Punkt einfach nicht mehr in die Arbeitswelt.

So weigerte ich mich zu Ostern auf der Straße sitzend Eis zu verkaufen, weil ich am Vortag in sechs Stunden 14 Kugeln Eis verkauft hatte, der Heuschnupfen mir Probleme bereitete und ich mich von vorbeifahrenden Taxis und Busfahrern beobachtet fühlte. Ich diskutierte ewig mit der Oberkellnerin, bis sie den Chef anrief. Ich sollte meine Sachen zusammenpacken und gehen. Beim Umziehen stand die Oberkellnerin daneben und sagte ständig: „Das hab ich schon mal schneller gesehen" und lief mir beim Hinausgehen mit einem riesigen Küchenmesser hinterher. Ich war eigentlich ganz ruhig und machte, dass ich davonkam.

Der Chef des Ausbildungsverbundes kam erneut vorbei und teilte mir mit, dass er mich in der Zentrale sprechen wolle. Dort wurde ich von ihm mehrere Tage überredet, den Ausbildungsplatz sausen zu lassen.
Ich half bei Büroarbeiten, war aber sehr oft in Gesprächen mit dem Chef. So einfach wollte ich meine Lehre nicht aufgeben, doch es gab keine Zukunft für mich bei der HOGA.
Widerwillig stimmte ich schließlich einem Auflösungsvertrag zu.

Ich stand ohne Lehrstelle da.
An dem Ziel des IHK-Abschlusses hielt ich in der Folgezeit trotzdem unvermindert fest.

Aus der Bong und der anschließenden Leidenszeit des Vorjahres hatte ich nichts gelernt. Ich kiffte fröhlich weiter und hörte eines Abends sogar Stimmen der versammelten Stadt, meiner Heimatstadt, vor dem Fenster. Ich hielt sie für real und nahm Taxifahrer, einzelne Frauen, Lehrer von früher und Nachbarn wahr. Eine riesige Menschenmenge mit hunderten von Leuten bildete ich mir ein gehört zu haben und ging in diesem Bewusstsein die folgenden Tage durch die Gegend. Die Stadt empfahl mir ein bestimmtes Mädchen anzusprechen, sonst sähe es in der Zukunft schlecht für mich aus. Das tat ich dann auch. Ich fühlte mich hinterher nicht anders, doch ich hatte den Auftrag erfüllt.
Es war das einzige Mal, dass sich fremde Stimmen durch meinen Kopf bewegten.

Als Bayern München aus dem Europapokal ausschied, rief ich aus lauter Frust eine Sexhotline an. Mit dem Callgirl unterhielt ich mich ziemlich lange. Ihr konnte ich meinen Kummer erzählen, dass meine Lieblingsmannschaft einfach nicht die Champions League gewinnen kann. Das Ergebnis ihres Zuhörens und Tröstens sah mein Vater wenig später auf der Telefonrechnung. Er strich mir daraufhin das Internet.

Mit der Deutschen Bank machte ich einen Termin wegen eines Kredits. Ich wollte eine Million DM und ein Jahr Zeit haben. Ich fühlte mich wertvoll und war felsenfest überzeugt, das Geld erheblich zu vermehren. Wie genau, wusste ich nicht. Es kam sogar der Filialleiter und fragte mich, wozu ich das Geld genau brauche. Ein Wunder, dass mir keiner den Vogel gezeigt hat.

Solche Aktionen erzählte ich den letzten übrig gebliebenen Leuten aus meinem Bekanntenkreis, die solche Geschichten natürlich nicht verstanden: „Warum machst Du das?“ Darauf konnte ich nichts erwidern. Nach und nach wurde es immer ruhiger um mich. Hatte ich früher einen wirklich großen Bekanntenkreis, stand ich nun fast vollständig alleine da.
Doch ich war in einer so ausgelassenen Stimmung, dass mich das erst einmal nicht störte.

Fernsehgucken ging gar nicht. Sämtliche Ereignisse bezog ich auf mich, besonders die Nachrichten. Und das Agentengefühl kehrte zurück. Das passte zu meinem inzwischen gekauftem schwarzen Anzug.
Ich rief beim BND in Pullach an und erklärte denen, dass ich ein geeigneter Mitarbeiter für sie sei. Auf meine Aussage: „Mit mir im Gepäck hätte Adenauer die Kriegsgefangenen auch zurückgeholt. So etwas kann ich“, reagierte der Mann am Telefon ziemlich erstaunt. Meine kurz darauf abgeschickte Bewerbung blieb jedenfalls unbeantwortet.

In dem ganzen Durcheinander in meinem Kopf bildete ich mich trotzdem noch gastronomisch weiter, indem ich mich fragte, was

Gaststätten eigentlich mit Zechprellern machen. Dazu setzte ich mich in eine Bierstube und trank ein paar Gläser Bier. Es war gemütlich und ich saß richtig bequem. In der Tasche hatte ich keinen Pfennig. Als es ans Bezahlen ging, sagte ich zur Wirtin: „Ich habe kein Geld mit“. Sie schaute zuerst ungläubig und dann erfuhr ich, was mit Zechprellern passieren kann. Die Wirtin rief die Polizei, die auch gleich kam. Bierselig regelte ich alles, hinterließ meine Adresse und wollte am nächsten Tag bezahlen.
Draußen zog ich meinen Autoschlüssel heraus. Die Beamten fragten: „Sie wollen doch jetzt nicht fahren?“ und nahmen ihn mir weg. „Morgen früh können Sie die Schlüssel bei uns abholen“.

Ich lief nach Hause und schlief mich aus, um gleich am nächsten Morgen zur Wache zu gehen. Der Wachhabende musterte mich und meinte: „Sie haben doch noch Restalkohol“. Ich begann zu diskutieren, als ein hühnenhafter Polizist dazukam. Er sagte irgendwann: „Ich zähle jetzt bis zehn, dann sind Sie hier weg“. Er begann zu zählen: „Eins ...“. Bei Neun machte ich mich vom Acker.

Den Autoschlüssel musste ich wiederhaben und rief von Zuhause bei der Polizei an. Ich verwendete anstelle der 0 am Ende irgendeine Durchwahl und landete bei der Sekretärin des Polizeipräsidenten, die mich auch durchstellte. Dem Polizeichef schilderte ich meinen Fall und fragte ihn in Bezug auf die Zählerei seines Angestellten: „Sind wir hier eigentlich in San Francisco?“
Ich sollte in sein Büro kommen. Dort fragte er mich, ob ich noch alle Tassen im Schrank hätte.
So ganz auf der Höhe war ich beileibe nicht.

Das Gespräch mit ihm dauerte eine halbe Stunde. Am Anfang fragte er mich: „Sind sie ein großes oder kleines Licht?“ Ich erwiderte: „Ein kleines“. Er bot mir an, eine Aussage bei der Drogenfahndung zu machen. Das verletzte meine Ehre. Am Schluss erhielt ich meine sehnlichst gewünschten Autoschlüssel persönlich vom Polizeipräsidenten wieder. Wahrscheinlich hielt er mich für ein bisschen meschugge, doch in seinem Büro versprühte ich gute Laune. So ein hohes Tier war einem Agenten endlich gewachsen.

Zu Hause angekommen klingelte es an der Haustür. Ein Abgesandter der Bierstube verlangte die ausstehende Rechnung. Er fragte mich, was da los war. Mir wurden die Beine weich und mit viel Mühe kratzte ich Geld zusammen. Heilfroh alles überstanden zu haben, kam ich ein wenig runter.

Doch es ging fröhlich weiter. Ich bekam Schlafstörungen. Der Körper war hochgefahren, mein Blut kochte regelrecht.
Die erste Nacht ging ja noch. Ich ging zum Tanzen weg.

In der zweiten Nacht bekam ich schon die Krise. Es war nicht der Spaß wie beim Durchmachen in der Vergangenheit. Ich wurde schläfrig, kam jedoch nicht zum Einschlafen. Wie Falschgeld wandelte ich durch die Gegend. Das Gehirn arbeitete auf vollen Touren, die Rädchen liefen, während der Rest sich nach Ruhe sehnte.
Zum Schlafen kam ich auch in der dritten Nacht nicht.
Mir reichte es und ich fuhr in die Notaufnahme. Die Ärztin dort schlug die Hände über dem Kopf zusammen und behielt mich gleich da. Ich erhielt eine Schlaftablette. Bevor die nach zwei Stunden wirkte, hielt ich die Schwestern der Station ordentlich auf Trab.
Ich glaube, ein Baby schläft auch nicht besser.

Am nächsten Morgen setzte sich die Ärztin zu mir auf das Bett und erkundigte sich nach meinem Befinden. Rastlos wollte ich die Klinik wieder verlassen. Auf den Weg bekam ich noch zwei Schlaftabletten. Die erste nahm ich in der übernächsten Nacht. Ich hatte schon wieder nicht geschlafen. Es machte mich fertig nicht zur Ruhe zu kommen.
Als das Medikament wirkte, befand ich mich gerade im Bett. Zu allem Unglück musste ich noch einmal austreten. Auf allen Vieren schleppte ich mich auf die Toilette. Ich kam nicht vom Boden hoch und kroch mit letzter Kraft zum Wasserlassen und danach ins Bett. Doch anschließend schlief ich tief und fest bis zum nächsten Morgen.

Die Schlaflosigkeit hielt trotzdem an und ich hatte wieder einen Termin bei der Polizei. Es handelte sich allerdings nur um eine harmlose Zeugenaussage in einer Verkehrssache.

Nach einer weiteren schlaflosen Nacht machte ich mich gegen 10 Uhr auf den Weg zur Wache. Die Sonne schien. Meine schon lang anhaltende gute Laune hielt immer noch an.
Die Polizeibeamtin, die meine Aussage aufnahm, gefiel mir. Ich kam ins Reden und flirtete mit ihr.
Auf einmal musterte sich mich und meinte: „Sie haben doch Drogen genommen." Ich log nicht, als ich: „Hab ich nicht." erwiderte.
Ein mir unsympathischer Beamter gesellte sich dazu und ließ mich meine Taschen ausleeren. Er fand die Schlaftablette und zeigte sich hoch erfreut über den Fund. Ich lachte in mich hinein, als er eifrig den Drogenschnelltest machte, und sagte nichts auf die Frage, was das ist.
Mir verging plötzlich das Lachen. „Das ist doch Crack", sagte er. Dann war ich wirklich sprachlos. Die Polizisten wurden derber und setzten mich auf einen Stuhl. Ich versuchte die Situation zu klären, aber es glaubte mir keiner. „Rufen sie die Ärztin an, die mir die Tablette gegeben hat", entgegnete ich auf den Druck der Beamten.

Unter Protest wurde ich ins Dachgeschoss der Polizeistation geführt. Dort befand sich ein Raum, in dem mir ein weiterer Beamter Fingerabdrücke abnahm. Anschließend schoss er Fotos von mir. Fünf Polizisten saßen vor mir, die ich, inzwischen wieder erholt, allein unterhielt. Ich erzählte von Filmen, in denen solche Situationen vorkamen. Ich fühlte mich fotogen und posierte vor der Kamera.
Zum Spaßen war das Ganze eigentlich nicht, denn auf einmal kam das Thema Hausdurchsuchung auf den Tisch. Da ich noch bei meinen Eltern wohnte, krampfte sich alles bei mir zusammen und ich sank auf den Boden.
Dann kam der gute Bulle ins Zimmer und meinte zu mir verständnisvoll: „Ist schon Scheiße mit der Krankheit." Anscheinend hatten die Polizisten die Ärztin erreicht. Das realisierte ich erst einmal nicht. Die Manie hielt mich auf den Beinen. Nervlich war ich kurz vor dem Zusammenbruch, denn die ganze Situation strengte sehr an.

Ich sollte eine Urinprobe abgeben. Die verweigerte ich hartnäckig. Es handelte sich schließlich nur um eine Schlaftablette.

Die Atmosphäre gestaltete sich zunehmend freundlicher. Ich erhielt Mineralwasser und die Beamten machten Witze. Inzwischen waren schon Stunden vergangen. Ich setzte mich auf einen Tisch, das angenehme Körpergefühl täuschte mich.
Der Polizeipsychologe und der Amtsarzt kamen und redeten auf mich ein, die Urinprobe zu machen. Irgendwann willigte ich ein.
Der Beamte, der mich auf die Toilette begleitete, war der gleiche, der ein paar Tage zuvor bis Zehn gezählt hatte. Beim Wasserlassen schaute ich auf das gegenüberliegende Gefängnis und bekam Schiss, auch weil der Polizist den Häftlingen zuwinkte. Ich bildete mir ein, dass er mich den Insassen vorstellte.

Nach vier Stunden durfte ich ohne Konsequenzen gehen. Danach weinte ich und suchte Trost bei einem Joint. Etwas Gras besaß ich noch in meinem Zimmer, es hatte ja keine Hausdurchsuchung stattgefunden, die Schlaftablette hingegen hatten mir die Polizisten abgenommen.

Mein Schlafverhalten normalisierte sich wieder. Ich erlebte trotzdem einen Rückschlag. Da reichte es mir und ich rief getrieben von dem Wunsch nach Ruhe einen Notarzt. Der saß dann in meinem Zimmer und verschrieb mir Haloperidol, ein Teufelszeug, wie ich bald feststellte.
Ich fuhr zur Nachtapotheke und erhielt eine kleine Flasche. Gut drauf war ich nicht und fuhr den Apotheker an: „Was glotzt Du so?“
Ich nahm ein paar Tropfen und bekam Schüttelkrämpfe. Die Muskeln wurden einfach nicht wieder locker. Es waren Anzeichen, die auch Parkinsonpatienten bekommen. Ich wurde nur nicht müde. Ein Nebel umgab mich und mein Körper versteifte sich.
Dieser Zustand des Weggetretenseins hielt fast zwei Tage lang an. Ich schnappte immer wieder nach Luft. In dieser Zeit waren die Anzeichen der Manie verschwunden, doch ich lief wie paralysiert und verkrampft herum. Das Medikament hatte mich buchstäblich auf die Bretter gehauen, denn es wirkte sehr intensiv. Das Zeug katapultierte mich ins Mittelalter, wo so etwas vielleicht den Menschen verabreicht wurde.
Stellen Sie sich einen schweren Kater multipliziert mit 5 vor!

Die Besserung kam, als das Haloperidol nachließ und ich die frische Luft suchte. Ich fragte meinen Vater, ob er mich in den Park fährt, dann setzte er sich mit mir ins Gras. Ich atmete immer wieder tief ein. Das klarte mein Gehirn wieder auf, doch die Manie kehrte zurück.

In all dem Chaos arbeitete ich als Aushilfe für ein Hotel bei einer Veranstaltung der Telekom und erhielt Geld für eine durchgemachte Nacht.
Als ich wieder einigermaßen normal schlief, machte ich mich auf die Suche nach einer Lehrstelle in der Gastronomie.
Ich hatte keine Bewerbungen fertig und es war schon wieder Sommer. Eine Ausbildung für den folgenden Herbst zu finden, gestaltete sich nicht so einfach.
Ich versuchte es in meinem grenzenlosen Drang deutschlandweit. Ich fühlte mich jung und unglaublich gesund.

An einem Dienstag rief ich sämtliche Hotels des Ruhrgebietes von Düsseldorf bis Köln wegen einer Lehrstelle an. Ab dem vierten Anruf beherrschte ich meinen Text. Das Ergebnis meiner Telefonaktion stellte mich zufrieden. Von ca. 200 Gastronomiebetrieben wollten 15 eine Bewerbung, bei einem Hotel in Düsseldorf sollte ich persönlich vorbeikommen.
Bei der örtlichen IHK stellte ich mich vor und erkundigte mich nach Möglichkeiten den Abschluss ohne Lehre zu erreichen. Dazu müsste ich mehrere Jahre in der Gastronomie tätig sein. Das sah ich als zu große Herausforderung an und so blieb mir nur eine Lehre.
Doch bei der Suche danach gab es Rückschläge. Der Besuch in Düsseldorf blieb erfolglos.
Ich telefonierte in der Folgezeit viel herum, auch in meiner Stadt und der Umgebung.

Eine Möglichkeit wäre eine Umschulung bei einem Bildungsträger in Jena gewesen. Ich schaute mir das Ganze an. Der Lehrgang hatte schon begonnen und endete mit einer Prüfung vor der IHK. Die Schule lag zwar idyllisch und hatte Ähnlichkeit mit einer alten Burganlage, doch mein Ziel blieb ein Platz bei einem festen Hotel.

Dazu setzte ich alle Hebel in Bewegung und machte mich ans Schreiben der Bewerbungen. Hier bekam ich einen Drang nach vollkommener Perfektion. Ich begann jedoch bei Null.
Während des ganzen Bewerbungsprozesses bekam ich zusätzlichen Druck von meinem Vater, und das nicht zu wenig. Ich wohnte noch zu Hause und meine Eltern hatten mit angesehen, wie ich mein Leben mit Drogen verbrachte, das Studium abbrach und die Lehrstelle verlor. Von Hause aus besaß ich nicht die schlechtesten Voraussetzungen, erreichte das Abitur und konnte auch anpacken. Die Sucht und die anschließende Krankheit hatten mich in eine Situation im Jahr 2000 gebracht, die für meine Eltern nicht einfach war.

Was sollte aus mir werden?
Ich wusste es damals und ließ mich in diesem Sommer trotz aller Nebengeräusche nicht irritieren.

Die Lehrstellensuche zog sich hin. Wenn mein Vater Feierabend hatte, kam er in mein Zimmer und machte mir Feuer. Es kam zu manchmal lauten Diskussionen. Den Geldhahn drehte er zu, aus Angst ich kaufe Drogen. Diesen Tipp erhielt er von der Drogenberatung, wohin sich mein Vater in seiner Verzweiflung hingewandt hatte.
Mir blieb nur der Gang zum Sozialamt. Ich behielt meine Würde und bekam 120 DM. Davon kaufte ich 10 Gramm Gras. Die brauchte ich um die Bewerbungen zu Ende zu schreiben. Ich hatte schon einen gewissen Stand beim Anschreiben und dem Lebenslauf erreicht.
Ich steigerte mich hinein und machte ganze Nächte durch. Ich trieb Geld auf und vollendete die Bewerbungen. Die Manie hatte doch noch etwas Gutes. Das Ergebnis konnte sich sehen lassen.

Mein Vater ließ nicht locker. Irgendwann konnte ich nicht mehr. Der Geldmangel machte mich fertig. Ich rief den Amtsarzt an, den ich bei meinem Besuch bei der Polizei kennen gelernt hatte und klagte ihm meinen Kummer. Ich fragte ihn hypothetisch immer wieder: „Was würde passieren, wenn ich meinen Vater umbringe“. Das Gespräch dauerte eine Stunde und ich schüttete ihm mein ganzes Herz aus.

Dass man das bei Psychiatern nicht immer tun sollte, erfuhr ich später noch ein einige Male.

Zu meiner Manie hatte sich unbemerkt etwas dazugesellt, was nicht ohne war.
Mein Vater liebte mich und ohne ihn wäre ich ein paar Jahre später draufgegangen. In diesen bewegten Tagen jedoch konnte ich nicht mehr klar denken und mein Wesen veränderte sich in einen, im Gegensatz zur Vergangenheit, nie gekannten Zustand.
Seinen Erzeuger umbringen wollen, nur weil man sich in seinem Frieden gestört fühlte, hätte ich nicht durchgeführt. Dazu fehlte dann doch noch ein Stück.

Aber der Anruf beim Amtsarzt blieb nicht ohne Folgen. Am nächsten Tag ging ich nichtsahnend in die Stadt. Als ich wiederkam, fand ich bei meinen Eltern in der Wohnung drei wildfremde Menschen vor, einen Richter vom Vormundschaftsgericht, eine Frau vom Sozialamt und einen gerichtlichen Betreuer. Meine Eltern warteten vor der Tür, als sich die Leute mit mir im Wohnzimmer unterhielten.

Der jetzt schon vier Monate lang anhaltende Trip sollte radikal beendet werden.

11. Weit weg und wenig Hoffnung

Im Grunde hatte ich keine Chance dem allen zu entgehen. Jetzt gelangte ich so richtig in die Mühlen der Psychiatrie.
Der Richter eröffnete mir, dass er mich für sechs Wochen in die geschlossene Psychiatrie einweise, „Mühlhausen kennen sie ja schon“ sagte er und machte in seinen Ausführungen den Eindruck als handelte es sich hierbei um einen Cluburlaub. Zusätzlich wurde mir für die Zeit danach ein gerichtlich bestellter Betreuer zur Seite gestellt, der sich um meine Geldangelegenheiten kümmert. Er sollte ab sofort das Aufenthaltsbestimmungsrecht über mich besitzen und für meine Gesundheit zuständig sein.

Ich war entmündigt. Das begriff ich damals nicht so richtig. Mir machte die Einweisung zu schaffen, die felsenfest im Raum stand.
Verzweifelt ging ich an das Wohnzimmerfenster und sah unten auf der Straße ein Polizeiauto und einen Krankenwagen.
Mir gelang es mit viel Mühe einen Tag Aufschub zu bekommen. Ich wollte noch die Bewerbungen abschicken.

Ich war wirklich in allen Bereichen unten angelangt. Der IHK-Abschluss lag in weiter Ferne.

Am letzten Tag in Freiheit spielte sich in mir ein Kampf ab. Ich ging mit zehn Umschlägen zur Post und verschickte meine Bewerbungen quer über Deutschland.
Am Abend überlegte ich dann doch noch, wie ich die Geschlossene in Mühlhausen verhindern könnte und fuhr in der Nacht in die örtliche Klinik, die nur über offene Stationen verfügte. Durch meinen guten Willen, mich freiwillig in ärztliche Behandlung zu begeben, dachte ich, bleibt mir eine Chance.
Verschwitzt kam ich im Krankenhaus an. In mir kochte alles. Mein Gesicht brannte. Ich war fix und fertig. Die akute Phase der ausgelassenen Stimmung dauerte jetzt schon vier Monate.
Die diensthabende Ärztin unterhielt sich bis in die Morgenstunden mit mir. Interessant und viel reden konnte ich immer noch sehr gut.

Die richterliche Einweisung stand felsenfest. Die Polizei kam und sechs Beamte in voller Montur führten mich aus dem Krankenhaus in einen Einsatzwagen. Dort wurde ich auf eine Trage geschnallt und zwei Polizisten bewachten mich während der Fahrt. Eine kleine Eskorte begleitete uns. Ich realisierte die schlimme Situation nicht und nahm alles ohne Gegenwehr hin. Im Gegenteil, durch die Manie kam mir alles noch cool vor und ich dachte, die Einsatzkräfte in ihren Uniformen beschützen mich.
Ich sagte während der Fahrt nach Mühlhausen kein Wort, nachdem niemand im Wagen auf meine Witze reagierte.

Heute sehe ich die Einweisung als richtig an, doch damals und auch später fühlte ich mich ungerecht behandelt. Ich war der Dumme, der eingeliefert wurde. Für mich hatten damals andere eine Mitschuld. Mit meinem orkanartigen Verhalten im Sommer 2000 verscherzte ich es mir nicht nur mit den letzten übrig gebliebenen Kumpels, nein, manche Menschen mussten Angst vor mir und meinem Verhalten gehabt haben. Ich fühlte mich während der ganzen Zeit blendend und konnte mich selbst nicht reflektieren. Ich war eine Gefahr für die Umwelt und die Geschlossene der richtige Ort um wieder „normal“ zu werden.

Der Einsatzwagen hielt vor Haus 22. Es war die geschlossene Psychiatrie mit Gittern vor den Fenstern. Ich wurde hineingeführt. Ein Pfleger schloss hinter mir zwei Türen zu.
Das Haus hatte drei Etagen. Im Dachgeschoss fand die Ergotherapie statt und es gab weitere Räume für Arztgespräche. Das eigentliche Leben spielte sich in Parterre und für Patienten, die länger da waren, „oben“ ab. Wer „hochkam“, erhielt mehr Freiheiten und es gab nachts auch keine Aufsicht.
Das Zentrum der zwei Stationen bildete jeweils ein Aufenthaltsraum, die wie Wohnzimmer aussahen, mit Couch, Tischen, Stühlen, Stehlampen und jeweils einem Fernseher. Von diesen „Wohnzimmern“ gingen die Schlafräume und die Dienstzimmer des Pflegepersonals ab. „Oben“ und „Unten“ gab es eine Terrasse mit Bänken, Aschenbechern und einem nochmals abgetrennten Raum für die Raucher, damit Sie im Winter nicht frieren.

Ein kleiner Garten schloss sich an, der aber eingezäunt war. Den Blick hinaus in den Garten von der Terrasse aus konnten wir nur durch Gitterstäbe sehen. Das Haus 22 beherbergte nur Männer.

Ich fühlte mich von Anfang an nicht unwohl, befand ich mich unter Leuten, denen es ähnlich ging. Da ich mir immer noch cool vorkam und viele Mitpatienten auch gute Laune verbreiteten, kamen mir die ersten Tage gar nicht so schlimm vor.
Ich kann sogar behaupten, wir hatten oft viel Spaß zusammen, denn einige waren wirklich witzig. Ich akzeptierte meine Lage. Zwar rauchte ich aufgrund der Langeweile sehr viel, doch es war auszuhalten, weil wir uns untereinander gut verstanden und viel lachten. Ein Patient schenkte mir für eine Schachtel Marlboro eine Millennium-Mütze.
Nach ein paar Tagen bekam ich auch Ausgang, erst eine halbe Stunde. Die Zeit verlängerte sich, wenn alles klappte.
Abends ging ein Pfleger mit einem Tablett herum und verteilte Medikamente. Die musste man nehmen. Dem gab es kein Entrinnen. Ich schluckte alles ohne Murren hinunter.
Ich wurde ziemlich bald nach „Oben“ verlegt. Dort gefiel es mir von Anfang an.
Meine Eltern besuchten mich und brachten mir neben Süßigkeiten auch Zigaretten.

Das rechne ich meinen Eltern unglaublich hoch an, denn Zigaretten sind das wichtigste in der Geschlossenen für einen Raucher, der abgeschnitten von der Außenwelt in einer Krisensituation lebt. An Zigaretten mangelte es mir nie, brachten mir meine nichtrauchenden Eltern immer welche mit, obwohl sie nie glücklich mit meinem Laster waren.

Der Ärztin erzählte ich munter meine Phantasien in dem Glauben, dass sie es nachvollziehen kann. Den anderen Patienten verschwieg ich meine manchmal wahnhaften Gedanken. Ich fühlte mich immer noch als Agent und sah sehr klar weltpolitische Zusammenhänge.
Das Fehlen der Drogen machte mir nichts aus, mich hielt die Manie auf Trab.

Viele Patienten schauten stundenlang die im Juli stattfindende Tour de France, wozu ich nicht die Muße besaß. Ich durfte zur Ergotherapie und steckte dort Kugelschreiber zusammen. Ich nahm am Frühsport im Garten teil, der überwacht wurde. Wir hätten ja über den Zaun springen können.

An einem Wochenende durften wir trotzdem in den Garten, Tischtennisspielen oder uns einfach nur hinsetzen und die frische Luft genießen. Das Wetter passte und so las ich das ganze Wochenende ein Buch von Max Schmeling, das ich mir am Kiosk gekauft hatte. Ich genoss die Ruhe, war ausgeglichen und fühlte mich entspannt. Eine Katze lief herum. Im Haus saß am Sonntag ein Mann mit Cowboyhut und schlief auf einem Stuhl, die Beine hochgelegt. Es fehlte nur noch, dass jemand Bratwürste grillt.
Am darauffolgenden Montag teilte mir die Ärztin mit, dass ich in ein offenes Haus komme. Das Eingesperrtsein gehörte der Vergangenheit an. Die zwei Wochen hinter Gittern vergingen relativ schnell. Ein Mitpatient half mir beim Tragen meiner ganzen Sachen.

Ich kannte das Haus 5 noch aus dem Vorjahr. Ich fühlte mich frei und konnte machen, was ich wollte.
Doch ich merkte schnell, dass es hier nicht so krasse Menschen wie in Haus 22 gab. Und daher nahm auch der Spaß ab. Ich schlief anfangs in einem Vierbettzimmer, was ich unerträglich fand. Beim Einschlafen fühlte ich mich nicht wohl.
Nach kurzer Zeit kam ich zum Glück in die obere Etage in ein Zimmer, das wohnlicher war und wo weniger Patienten schliefen.
Ich teilte es mir mit einem Patienten, den ich aus der Geschlossenen kannte und der ebenfalls „richterlich" in Mühlhausen weilte. Ich fand ihn unsympathisch, doch er blieb für Wochen mein Mitstreiter.

In der ersten Zeit in Haus 5 ging es mir noch gut, dann ebbte die Manie langsam ab. Meine behandelnde Ärztin freute sich und meinte: „So gefallen Sie mir schon viel besser." Ich sah das nicht so, denn die Vitalität verschwand und das dämpfende Gefühl kehrte wieder. Ich wurde nachdenklicher und ruhiger. Wenigstens verschwanden die wirren Gedanken.

Doch mir gefiel der vorherige Zustand besser. Mir kam das offene Haus weich vor und mir fehlte die Härte des Hauses 22.
Ich war wieder gesellschaftsfähig geworden
Mein neuer Betreuer kam vorbei und sagte: „Das ist ein gutes Zeichen, dass Sie im offenen Haus gelandet sind". Er gab mir das Bekleidungsgeld vom Sozialamt. Ich mochte ihn nicht und nahm mir vor ihn später von Zuhause aus irgendwie loszukriegen.

Ich besuchte den Ort Mühlhausen, kaufte dort Anziehsachen und ein paar CDs. Ich fand es schön, mir etwas leisten zu können und nicht wie ein paar Wochen zuvor das Geld für Gras auszugeben.

Inzwischen wieder näher an der Realität stellte ich einen Antrag beim Amtsgericht auf Verkürzung meiner sechswöchigen Unterbringung. Eine Richterin kam dann auch, doch sie lehnte mein Anliegen ab.
Mit meiner Schwermut quälte ich mich die folgende Zeit durch den Klinikalltag, eigentlich bereit um zurückzukommen.
Ich verbrachte viel Zeit in der Parkanlage und grübelte. Ich stand ohne Lehrstelle da und wusste nicht, wie es weitergehen sollte. Dieses Gefühl steigerte sich zur Unerträglichkeit. Eine Qual bedeutete auch die Erkenntnis, dass sich die vergangenen Monate in Luft aufgelöst hatten und die wunderbaren Gefühle vorbei waren. Ich stand vor einem Scherbenhaufen.

Mir gingen Erlebnisse aus meiner Manie durch den Kopf.
In meiner Hilflosigkeit hatte ich Kontakt zur Polizei. Mir wurde bewusst, dass mein Führerschein in Gefahr geraten war. Später lernte ich, dass für Leute in einer Manie ein striktes Fahrverbot herrscht.
Auch die Ereignisse zu Hause beschäftigten mich. Für meine Eltern war bestimmt vieles einfach nur schockierend. Beide besuchten mich trotzdem und mein Herz tat weh, als ich meinen Vater das erste Mal wiedersah. Die vielen Tabletten verhinderten jedoch weitere Gefühle.

Die Ärztin ließ mich bis zum letzten Augenblick in Mühlhausen. Am Tag der Entlassung konnte mich keiner aufhalten.

Sechs Wochen ungewollte Psychiatrie lagen hinter mir, als ich in die Wohnung von meinen Eltern zurückkehrte und alle mit dem leben mussten, was vorgefallen war.

Ich besaß keinen einzigen Freund oder Kumpel mehr. Es hatte mich niemand in Mühlhausen besucht, was hart und eine schmerzliche Erfahrung war. Aber ich konnte es auch verstehen. Zu sehr hatte ich mich verändert.
So setzte ich meine Hoffnung auf eine Lehrstelle und eine eigene Wohnung. Dieses Vorhaben ging ich mit einem Vormund, starken Tabletten, und besiegter Drogensucht an. Ich hielt an meinem Ziel, dem Abschluss, unvermindert fest. Diesen Willen hatte ich nicht verloren.

Die Manie im Jahr 2000 sollte jedoch nicht meine letzte gewesen sein.

12. Ruhe nach und vor dem Sturm

Meine Eltern nahmen mich wieder auf. Anfang September kam ich in ein frisch gemalertes Zimmer zurück. In der Drogenzeit hatte ich es blau angestrichen. Jetzt tat mir das einfache Weiß richtig gut.
Der Spuk der vergangenen Monate gehörte der Vergangenheit an. Langsam gelangte ich wieder ins normale Leben zurück. Der Fall auf den Boden der Realität fiel im Gegensatz zum Vorjahr nicht so hart aus.
Trotzdem ging es mir nicht gerade berauschend. Die Niedergeschlagenheit und die Schwere waren zurückgekehrt. Langsameres Denken und eine melancholische Grundstimmung setzten sich fest und verschwanden auch nicht so schnell.

Mein Ziel blieb eine eigene Wohnung. Dazu schaute ich mit meinem Betreuer etwas an, das mir jedoch nicht gefiel.
Inzwischen hatte ich einen Antrag auf einen Betreuerwechsel beim Vormundschaftsgericht gestellt. Die Entmündigung konnte ich nicht umgehen. Jedoch war sie akzeptabler und besser hinnehmbar, wenn ich mir den Betreuer selbst wählen durfte. Durch einen Tipp gelangte ich zu einer Frau, die mir auf den ersten Blick annehmbar erschien. Die davor auftauchenden Gefühle des Zwangs und Eingeengtseins verschwanden ein wenig. Es fiel mir trotzdem schwer, die neue Situation anzunehmen.

Dabei halfen allerdings die Medikamente, die mich irgendwie auch ruhig stellten und mehr hinnehmen ließen. Aus sich herausgehen schien unmöglich und so richtig wehren konnte ich mich auch nicht.
Ich musste im wahrsten Sinne des Wortes bittere Pillen schlucken, denn auf einmal durfte ich keine Verträge mehr selbst unterschreiben oder mal so eben in eine andere Stadt ziehen. Jeden Monat gab ich nun meine Kontoauszüge der neuen Betreuerin, die auch für meine Gesundheit zuständig war.
Ich hatte einen Aufpasser zur Seite gestellt bekommen. Wir trafen uns regelmäßig. Sie trieb die Wohnungssuche voran und hörte sich meine Geschichten und Probleme an.

Inzwischen besuchte ich auch eine Psychiaterin, die mir Tabletten verschrieb. Ich nahm die Medikamente ungern und mir fehlte die innere Überzeugung, dass sie auch halfen.

Mit meinen Eltern verstand ich mich wieder. Wir redeten nicht über die vorgefallenen Dinge und ein Zusammenleben war wieder möglich. Meine Mutter kam ja vom Fach und konnte so sicherlich meinem Vater so manches erklären.
In der Phase, in der ich mich befand mit all den starken Tabletten und der gedrückten Stimmung, sah ich mich nicht in der Lage mein Verhalten in der Manie von mir zu rechtfertigen oder zu entschuldigen. Dazu fehlten mir die Emotionen. Abgesehen vom zurückliegenden Drogenkonsum konnte ich nichts für die Auswüchse der Krankheit.

Aber das ist der Punkt: Die Drogen verursachten die ganze Scheiße, die mich zu einem anderen Menschen werden ließen. Ich hatte zwei Manien hinter mir, die mehrere Wochen dauerten, in denen ich mich zu gut fühlte und ständig mit der Gesellschaft aneckte.

Jetzt ging es mir schlechter, doch es gab wieder Lichtblicke. Bald sollte ich eine eigene Wohnung beziehen und auch in der Lehrstellensuche machte ich Fortschritte.
Ich fügte mich wieder in den Alltag ein.
Meine Bewerbungen, die ich kurz vor dem Krankenhausaufenthalt losgeschickt hatte, brachten zwei Einladungen zu Vorstellungsgesprächen. Doch mir fehlte die Kraft eventuell nach Dortmund umzuziehen. Dort hätte ich ungelernt als Kellner gearbeitet. Das wollte ich nicht.
So blieb mir nur die Umschulung bei den Euro-Schulen, die ich im Sommer schon einmal besucht hatte. Der Lehrgang lief schon vier Monate. Das Arbeitsamt, das alles bezahlte, die IHK und die Euro-Schulen Jena, mussten überzeugt werden.

Das Arbeitsamt konnte ich nach einiger Überredungskunst auf meine Seite ziehen. „Regeln Sie das mit der IHK und dem Bildungsträger“, sagte der Vermittler.

An einem Nachmittag rief ich zuerst die Euro-Schulen an. Eine freundliche Sekretärin meinte zu mir: „Da gibt es keine Möglichkeit. Der Lehrgang läuft ja schon.“ Es half nichts. Enttäuscht legte ich auf.

Da saß ich nun in meinem abgedunkelten Zimmer und wusste keinen Ausweg. Es vergingen Minuten.
Was sollte ich in den kommenden Monaten machen? Schaffe ich den Abschluss nie?
Kurzentschlossen fasste ich mir ein Herz und rief bei der IHK in Gera an. Ich weiß nicht mehr, wie ich die Frau überzeugen konnte, aber sie schob den Schwarzen Peter dem Bildungsträger zu. Dorthin telefonierte ich als nächstes. „Die IHK hätte nichts dagegen“, sagte ich zur Sekretärin. Auf einmal schien sie nicht mehr so abgeneigt und wir vereinbarten einen Gesprächstermin für den nächsten Tag. Nach dem Telefongespräch rief ich noch einmal bei der IHK an und überbrachte die Nachricht, dass seitens des Bildungsträgers eine Teilnahmemöglichkeit für mich bestehe.
Irgendwie hatte ich die Sache gedeichselt. Erleichtert atmete ich auf.

Es dauerte auch nicht mehr lange, bis die Umschulung bei den Euro-Schulen Jena für mich losging.
An einem Montag im September 2000 fuhr ich aufgeregt, aber ohne verrückter Ideen und aufgeräumt zu meiner neuen Schule.

Das Gebäude gefiel mir schon im Sommer und erinnerte mich an eine alte Burg.
Es beherbergte neben Klassen für Wirtschaftsstudenten, Köchen Fremdsprachensekretärinnen eben auch Restaurantfachleute. Den Nachteil nahm ich hin, denn ich hatte eigentlich im Vorjahr die Lehre als Hotelfachmann begonnen.
Die Umschulung sollte im Februar 2002 enden und bestand aus theoretischem Unterricht sowie zwei Tagen Praxis in der Woche.
Im Dachgeschoss der Schule befand sich ein rustikaler Gastraum, in dem die Dozenten und Studenten zu Mittag immer ein 3-Gang-Menü bekamen. Wir Restaurantfachleute kümmerten uns um die Bewirtung. Das beinhaltete das Tischeeindecken, Servieren der Speisen und Getränke sowie das Abräumen.

Wir übten in der Praxis das Flambieren, Tranchieren und Filetieren. In den kommenden anderthalb Jahren sollten wir alle für sechs Monate ins Praktikum in ein Hotel oder in eine Gaststätte. Die Abschlussprüfung würde eine schriftliche und praktische Prüfung enthalten.

Den IHK-Abschluss in meinem Fokus ging ich die Zeit an. Zuerst musste ich allerdings eine 14-tägige Probezeit überstehen. Schließlich hatte ich schon viel Zeit verpasst. Das steigerte natürlich meine Nervosität.
In diese Wochen fielen die Olympischen Spiele in Sydney, die ich mir gerne vormittags angeschaut hätte. Doch mit einem Ziel vor Augen konzentrierte ich mich voll und ganz auf das Überstehen der Probezeit. Ich hatte Angst, dass es durch mein ruhiges Verhalten schief gehen könnte. Doch mein Lehrausbilder gab mir am Ende der zwei Wochen ein positives Signal.

Den verpassten Schulstoff holte ich nach und der Unterricht gefiel mir. Rund ums Essen und Trinken behandelten wir Themen wie Anbaugebiete des Kaffees, Spirituosen, Rebsorten, exotisches Obst, Herstellung von Käse, essbare Stücke vom Schwein oder die verschiedenen Arten der Gläser. Es gab Fächer wie Englisch, Fachrechnen und auch Marketing. Wir saßen am Computer und schauten Videos über berühmte Hotels.
An den Praxistagen durften wir die Reste des 3-Gang-Menüs essen. Die Kochlehrlinge übten speziell die Desserts, die besonders gut schmeckten. Ich brauchte damals noch nicht auf mein Gewicht zu achten. Ich hatte eine schlanke Figur.

Die Umschulungsklasse bestand aus zehn Schülern und das war der Nachteil. Ich kam mir vor wie ein New Yorker in der Provinz. Es waren normale Leute und ich kannte bisher nur krasse Menschen aus der Drogenszene und der Psychiatrie. Die meisten mochte ich nicht und konnte mit ihnen nichts anfangen.

Das lag auch an meinem Zustand, denn ich war sehr still und fand kaum Gesprächsstoff.

Deshalb bedeutete die Zeit bis zum Praktikum- wie im Tagungshotel zuvor- mehr oder weniger eine Quälerei. Trotzdem erschien ich immer pünktlich und feierte nicht krank.

Die Umschulung brachte auch finanzielle Vorteile. Zwar musste ich meine Kontoauszüge meiner Betreuerin vorlegen, doch ich hatte richtig Geld zur Verfügung. Ich erhielt Unterstützung vom Europäischen Sozialfond. Mit dem Fahrgeld bekam ich monatlich 1600 DM. Das Arbeitsamt hinkte am Anfang hinterher und so gab es irgendwann eine ordentliche Bewegung auf meinem Konto.

Ich gönnte mir etwas und das tat der Seele gut. Bisher gab ich das Geld für Drogen aus, jetzt kaufte ich Dinge wie Bücher und Klamotten. Das Leben verlief wieder in geordneten Bahnen.
Ich befand mich unter dem Strich, doch ich absolvierte die ersehnte Ausbildung.

Die Medikamente nahm ich weiterhin. Mein Privatleben befand sich allerdings auf dem Nullpunkt. Das schlug sich natürlich auf die Stimmung. Die Abende verbrachte ich mit Cola vor dem Fernseher. Doch die Ruhe und das geregelte Leben tat mir gut. Für mich nicht unmittelbar spürbar ging es langsam wieder aufwärts, obwohl mir das Alleinsein, das jetzt schon einige Zeit anhielt, immer noch zu schaffen machte. Es war schwer, sich daran zu gewöhnen.

Meine Betreuerin vermittelte mir eine Dachgeschosswohnung in Jena. Von meinem Geld kaufte ich eine gelbe Couch und vom Vormieter Dinge wie Waschmaschine, Lampen und einen Kühlschrank. Mein Vater half mir beim Umzug und besorgte mir einen Computer. Er kümmerte sich rührend und mit Hingabe um alles.
Meine Eltern waren das Einzige, was mir blieb. Zu meiner Mutter entstand ein engerer Kontakt und auch mein Vater hielt zu mir. Beide besuchte ich, als ich in Jena wohnte, jeden Sonntag. Es gab dann immer ein leckeres Essen. An diesen Tagen fühlte ich mich wohl, auch weil ich mehr redete als in der Woche.
Einmal ging ich mit meinem Vater in einen Pub. Dort tranken wir teuren Whiskey.

In der Drogenzeit beschränkte sich der Kontakt zu den Eltern auf das Nötigste. Jetzt in der Krankheit wuchs die Bedeutung des Wortes Familie und ich bin bis heute dankbar für ihre Liebe und Unterstützung.

Die 2-Zimmer-Wohnung richtete ich mir gemütlich ein. Das selbstständige Leben mit Einkaufen, Putzen, Kochen und Waschen fiel mir nicht schwer. Obwohl ich bis zum 23. Lebensjahr bei den Eltern wohnte, bekam ich all das ohne größere Probleme hin.

Das bewegte Jahr 2000 ging zu Ende. Diesmal besaß ich über den Jahreswechsel eine eigene Wohnung, was das Ganze erträglicher machte. Den Heiligabend und einen Feiertag verbrachte ich bei den Eltern. Den Silvesterabend wollte ich nicht zu Hause verbringen und beschloss, in dieser Nacht in einen Technoclub zu gehen. Alles ohne Drogen, die Zeiten waren vorbei. In die Nähe getraute ich mich nicht, aus Angst Leute von früher sehen mich.
Deshalb tat auch der Wohnortwechsel gut, denn dieses Thema war inzwischen zu einem Problem herangereift. Ich ging ungern in die Stadt. Frühere Bekannte sahen mich so an, als wenn ich ein Kindermörder wäre. Bei einem Besuch in der alten WG dachte ich, aufgrund der Blicke an der Wohnungstür, ich hätte Lepra. So etwas traf mich hart. Es tat innerlich weh.

Ich beschloss nach Hannover zu fahren. Allein versteht sich. Die Party gefiel mir, doch am Neujahrsmorgen herrschte auf einmal große Aufregung in dem Club. Ein Mann war niedergestochen worden. Keiner durfte das Gebäude verlassen. Die Polizei kam und nahm von jedem die Personalien auf. Das Ganze zog sich lange hin.
Früher passierte mir so etwas nicht. Der Glanz vergangener Nächte ließ sich nicht zurückholen. Es war, abgesehen von dem Zwischenfall, auch nicht mehr dasselbe.
Auf der Heimfahrt geriet ich dann noch in eine Schneewehe und sah einen Unfall. Zum Glück kam ich heil durch. Meinen Audi besaß ich noch. Er fuhr immer zuverlässig wie eine Eins und brachte mich überall hin. Ich war froh, dass ich ihn hatte. Das Auto spendete oft Trost.

Die Zeit des Praktikums rückte näher. Wir mussten uns in den Betrieben bewerben und da kam mir die Manie vom vergangenen Sommer zu Gute.
Ich überarbeitete ein wenig das Anschreiben und schickte meine Bewerbung an sechs Hotels. Darauf erhielt ich nur zwei Ablehnungen. Bei den restlichen vier Hotels ging ich zum Vorstellungsgespräch und hätte bei allen anfangen können. Ich bot mich als Praktikant zwar nur als unbezahlte Arbeitskraft an, aber trotzdem tat es gut, wählen zu dürfen.

Mein Favorit war ein Hotel in einer Einkaufspassage in Jena. Dort hatte ich mich schon im Vorjahr als Aushilfe beworben, weil ich dort unbedingt arbeiten wollte. Die Personalfrau erläuterte mir die Philosophie des Hotels: „Ein Nein zum Gast gibt es hier nicht." Zu ihr sagte ich am Schluss des Gesprächs: „Ich freue mich darauf hier zu arbeiten." Ein Traum ging in Erfüllung und ich fieberte dem Start im Februar entgegen.

Inzwischen war ich wiederhergestellt und bereit im besten Haus am Platz zu kellnern. Mein Ziel war immer noch, nach der Lehre Thüringen zu verlassen, um in die weite Welt zu ziehen.

13. Es geht noch schlimmer

Auf den ersten Arbeitstag freute ich mich und meine Verfassung war im Gegensatz zur Lehre auch viel besser.
Ein Stückchen befand ich mich schon in der weiten Welt. Das Praktikum und die Wohnung in einer fremden Stadt sah ich als eine Art Testlauf an. Es hatte ein bisschen was von Großstadt.
Das Flair des Hotels mit seiner Einrichtung und der Umgebung versprühten einen Hauch von Glanz und Luxus. Mir gefiel die Atmosphäre und der moderne Architekturstil von Anfang an.
Von den acht Etagen mit den 179 Zimmern konnten die Gäste wie bei einem Innenhof auf die Lobby schauen. Von dort fuhr ein gläserner Fahrstuhl bis unter das durchsichtige Dach. Das noch nicht so alte Hotel besaß unter anderem eine Tiefgarage, Veranstaltungsräume, ein Restaurant und eine Bar. Es grenzte an eine große Ladenpassage mit vielen Einkaufsmöglichkeiten. Eine Nacht im Einzelzimmer kostete mit Frühstück 170 DM.
Mir gefielen diesmal auch der Fußbodenbelag und die Weste des Hotels. Meine Wohnung befand sich in der Innenstadt. Daher hatte ich nur fünf Minuten Fußweg zur Arbeit.

In der ersten Zeit wurde ich in der Morgenschicht eingesetzt. Das beinhaltete neben dem Frühstück auch das Mittagsgeschäft. Ich hielt den Acht-Stunden-Tag durch und es gab schöne Momente.
Ein slowakischer Praktikant zum Beispiel, mit dem ich mich gut verstand, arbeitete auch im Service. Die Köstritzer Schwarzbiernacht war ein wunderbares Erlebnis, weil ich da besonders die Teamarbeit spürte. Und ich sah eigentlich jeden Tag hübsche Frauen. Der Restaurantchef war mir sehr sympathisch, und ich glaube, er konnte mich auch gut leiden. Hingegen hatte ich keinen leichten Stand bei der obersten Frühstückskellnerin, die mich ganz schön scheuchte.

Die Arbeit machte mir Spaß. Ich lebte meinen Traum.
Diesen Traum zerstörte ich leichtsinnig. Von einem früheren Kumpel kaufte ich 10 Gramm selbstangebautes Gras. Das fehlte mir noch zum vollkommenen Glück.

Aber der Schuss ging gewaltig nach hinten los. Zwar genoss ich die erste Zeit in der eigenen Wohnung zu kiffen, ohne sich Sorgen um den Geruch des Marihuanas zu machen, doch das Gras wirkte wie Gift für mein Gehirn. Der kurze Zeitraum des Wohlergehens war vorbei.
Ohne es zu merken, bekam ich schon wieder eine Manie, meine dritte. Und ich hatte den Kampf gegen die schon besiegt geglaubte Drogensucht verloren. Es sollte nicht bei den 10 Gramm bleiben.

Bis dahin genügte ich den Anforderungen im Hotel, ohne übermäßig zu glänzen. Vom Durchschnittskellner veränderte ich mich jedoch Dank des Drogenkaufes zu einem manischen Kellner. Zu einer Köchin sagte ich mal: „Sie haben ein Mondgesicht.“ Die Frau an der Spüle machte ich ständig an. So lange, dass sie sagte: „Ich mache dich zum Mann.“ Den Restaurantchef fragte ich keck: „Stehen Sie auf Blondinen? Soll ich mir die Haare färben?“ In den meisten Schichten ging ich meinem Laufzwang nach.
Es dauerte nicht lange, bis ich ins Lager versetzt wurde. Dort räumte ich den Raum mit den Restaurantutensilien perfekt auf, doch wie im Hilton zuvor war ich in meiner Manie süchtig nach dem Service. Der blieb mir leider verbaut.

Hatte ich mich bis dahin voll auf die Arbeit konzentriert, setzte ich meine Schwerpunkte nun woanders.
Ich fühlte mich von der Frühstückschefin gemobbt und ertränkte den Ärger im blubbernden Wasser meiner Bong. Der Marihuanakonsum stieg rapide an und irgendwann blieb ich zu Hause. Mir ging es wieder mal blendend und ich kiffte wie ein Weltmeister.
Das Hotel schmiss mich nach insgesamt zwei Monaten raus, weil ich nicht mehr erschien. Das störte mich komischerweise nicht im Geringsten.

Jetzt ging die Post so richtig ab. Wie mit einer Zeitmaschine fuhr ich wieder in die Vergangenheit und bereiste fremde Orte. Geschichte wurde lebendig.
Ich hielt mich für Ludwig van Beethoven oder Conrad Hilton, dem Begründer der Hotels.

Diese Person sein zu dürfen, gefiel mir mit am besten. In dem Glauben besuchte ich ein Hilton Hotel. Die Angestellten waren alle meine Enkel und gütig schaute ich sie an. Zufrieden mit der Einrichtung und dem Service ging ich wieder. Wahrscheinlich dachten die Leute dort, ich hätte einen an der Waffel.

Der Sommer kam. Die Wahrnehmung der Stadt änderte sich. Bestimmte Straßenzüge wirkten auf mich wie Berlin oder ein Fischerdorf an der Cote D'Azur. Ich wollte den Polizeichef von Jena beziehungsweise des Urlaubsortes sprechen, der hatte leider keine Zeit. Selbst Schuld, wenn er keinen Mitarbeiter einer berühmten Organisation sprechen wollte. Ich stand inzwischen wieder im Dienste Ihrer Majestät.

Meine Wohnung kam mir wie ein Zimmer in Amsterdam vor. Darin fühlte ich mich phasenweise wie ein Südamerikaner. Dieses Lebensgefühl mit Sonne, Cocktails und kurzen Hosen gefiel mir. Doch ich befand mich immer noch in Jena.

Dem Skatspiel und seinen Karten, besonders den Buben, ordnete ich Charaktereigenschaften der Leute von früher zu. Ich hing immer noch an ihnen. Der Schellbube besaß zum Beispiel den meisten Esprit, den Roten hatte ich am liebsten. Ich war natürlich der Alte und spielte Null, weil ich gerade in der Lehre keinen Stich bekommen sollte. Mit den einzelnen Farben des Kartenspieles verband ich jeweils ein bestimmtes Lebensgefühl

Zunehmend machte es mir Spaß auf vielen Blättern Notizen zu machen, in dem Glauben, Ereignisse treten so ein, wie ich sie aufschreibe. In meinen Gedanken führte ich Hotelkriege und plante Schachzüge. Ich kümmerte mich um die großen Dinge.
Die Zettel trug ich mit mir herum. Es standen Sachen darauf, wie bestimmte Straßen, Gastronomiebetriebe oder Plätze meiner Stadt auf die Menschen wirken sollten.
Zum Beispiel spielte sich ein Café wie in Wien 1920 ab, eine Gaststätte wurde zu einer Kneipe im Berlin zur Wendezeit oder eine Straße war die Kö in Düsseldorf.

Ich versetzte einmal eine ganze Stadt für ein paar Stunden in die Vergangenheit. Alte Leute mussten sich da jung fühlen und umgekehrt.
Ich legte mir eine Doppelgängertheorie zurecht. Mich gab es mehrmals. So musste ich wenigstens nicht immer im Hilton sein oder in Bars bestimmte Getränke trinken, weil so die Sportergebnisse beeinflusst wurden. Von zu Hause konnte ich alles lenken. Das führte zu Mafiaphantasien mit mir als Paten. Dafür bekam ich Angst vor dem italienischen organisierten Verbrechen, weil ich als Angehöriger des Syndikats ihnen vollständig ausgeliefert war. Ich hatte einfach zu viele schlechte Filme gesehen.

Der Wechsel zwischen Mafiaangehörigem, Agent und Menschen aus der Geschichte gefiel mir. Ich kam mir jedenfalls immer cool vor und es war jedesmal anders. Als Pate hatte ich die Macht, als Agent der CIA oder des KGB saß ich bequem und ich lernte viel Historisches dazu. Ich bildete mir zum Beispiel ein zu wissen, wie sich John F. Kennedy an seinem ersten Arbeitstag als US-Präsident gefühlt hatte. Sich als der mächtigste Mann der Welt zu fühlen, hatte was.
Neben Geheimdiensten und Toten entdeckte ich die Illuminaten, Gott und die Außerirdischen. Da hörte der Spaß auf, denn die besaßen nun wirklich Macht. Ich bekam Visionen, wer die Weltgeschicke wirklich leitet. Zu allem Überfluss wurde ich sehr lichtempfindlich und lief sogar zu Hause mit einer großen Sonnenbrille herum. Ich befand mich auf einem anderen Planeten. Mein Ziel war es, in den erlauchten Kreis der Götter aufgenommen zu werden. Die Wahrnehmung veränderte sich in diesen Phasen so extrem, dass mir mein Verstand sehr klar vorkam. Ich schwebte über der Welt und den irdischen Dingen.

In diesen Tagen im Jahre 2001 war ich wirklich krass drauf. Mein Blut kochte fast über, die Stimme wurde heiser und in meinem Gehirn ratterte es. Manchmal weinte ich grundlos. Sehr oft lachte ich sehr laut. Das Lachen hörte sich wirklich krank an.
Meine Medikamente nahm ich unregelmäßig. Wenigstens kiffte ich nicht mehr, denn durch den ausschweifenden Lebensstil blieb irgendwann dafür kein Geld mehr übrig.

Die Manie fiel heftig aus. Lange konnte ich sie jedoch nicht ausleben. Es sollte nicht mehr lange dauern, bis ich unfreiwillig aus dem Verkehr gezogen werden würde.
Mitten in der Umschulung war ich ausgebrochen, doch es musste irgendwie weitergehen. Eigentlich konnte man mich nicht auf die Menschheit loslassen, doch die Euro-Schulen hatten keine Ahnung von meiner verdrehten Phase.
Sie reagierten gnädig auf meinen Rauswurf bei dem Hotel und schickten mich zu einer kleinen Gaststätte, die etwas außerhalb lag. In dem ganzen Trubel sollte ich das Praktikum fortsetzen.

Ein dort arbeitender Kellner rückte mir auf die Pelle und ärgerte mich. Aus Wut darüber reagierte ich aggressiv und machte bei ihm Telefonterror. Ich bedrohte ihn regelrecht. Er ließ sich das nicht gefallen und schaltete den Sozialpsychiatrischen Dienst ein. Der schloss sich mit meiner Betreuerin kurz. Sie hatte mich bislang in meiner Manie gewähren lassen, doch inzwischen war ich eine Gefahr für andere geworden.

An einem schönen Maitag wollte ich mir einen gemütlichen Abend machen, als es an der Wohnungstür klingelte. Meine Betreuerin stand vor der Tür und wollte zu mir herein. Ich empfand den Besuch als Störung eines perfekten Abends und machte nicht auf. Es folgte ein erneutes Klingeln. Nach meinem Nichtreagieren redete sie auf mich ein. Daraufhin erwiderte ich nur: „Gehen Sie bitte weg. Ich kann ihnen nicht vertrauen." Meine Betreuerin entgegnete: „Bitte, ich zeige Ihnen, dass Sie mir vertrauen können, wenn Sie die Tür aufmachen." Ich setzte mich ins Wohnzimmer und ignorierte alles.
Ein paar Minuten später schaute ich aus dem Fenster und sah unten einen Krankenwagen stehen. Mir lief ein kalter Schauer über den Rücken.
Aus Panik rief ich meine Eltern an. Ich erreichte niemanden. Erst beim dritten Versuch hatte ich meinen Vater am Apparat, der sich gleich auf den Weg machte.
Inzwischen war auch die Polizei vor Ort. Sie forderten mich immer wieder laut auf: „Öffnen Sie die Tür." Wenig später machte sich jemand an meinem Schloss zu schaffen.

Ich saß in Unterwäsche unter einer Decke und zitterte. Der Angstschweiß floss über mein Gesicht. Es war Sommer und mir wurde kalt. Mit dem Oberkörper beugte ich mich immer wieder vor und zurück. Die Minuten vergingen. Dann hatten sie die Tür auf.
Ein Polizist schoss pfeilschnell auf mich zu und schaute unter meine Decke. Ein anderer Beamter durchsuchte das Schlafzimmer. Der Notarzt setzte sich auf einen Stuhl. Meine Betreuerin blieb stehen.
Zuerst begriff ich nicht, dass mich die vielen Leute in meiner Wohnung in die geschlossene Psychiatrie schaffen wollten. Den Ernst der Lage realisierte ich erst nach einer Weile.
Der Notarzt telefonierte mit meinem Apparat mit Mühlhausen. Als ich ihn nach einer Viertelstunde fragte, wer das Gespräch eigentlich bezahlt, schaute er so streng, dass ich Angst bekam. In meinem Beisein wurde am Telefon über mich geredet als wäre ich gar nicht anwesend. In der eigenen Wohnung hatte ich nichts zu sagen. Die Polizisten schauten die ganze Zeit sehr ernst, während meine Betreuerin ziemlich ruhig blieb. Die ganze Sache strengte sehr an und es zog sich eine Weile hin, bis eine Entscheidung fiel.

Jena besaß eine Universitätsklinik mit einer geschlossenen Abteilung. Ich wäre gern wieder nach Mühlhausen gegangen, doch ich sollte in das örtliche Krankenhaus.
Mein Vater kam inzwischen dazu. Mit ihm packte ich einige Sachen zusammen. Auf dem Weg zum Auto sah ich im Hausflur meinen Vermieter. Mit der Polizei im Schlepptau ging ich an ihm vorbei. Ich wohnte noch nicht lange da. Es war mir überaus peinlich.

Dann fuhr der Krankenwagen in Richtung Klinik. An Bord saßen neben mir und dem Notarzt auch mein Vater, ein Polizist und meine Betreuerin. Ich wurde auf die geschlossene Abteilung geführt. Leider durfte keiner von den Angehörigen mit auf die Station, was sich als sehr verhängnisvoll für mich herausstellen sollte.
Eine Ärztin unterhielt sich mit mir. Ich erzählte ihr etwas von Agenten und Fernsehsendungen in der Hoffnung, sie glaubt und versteht es. Ein Mann, der seine Sachen aus dem Zimmer holte, behauptete: „Sie haben doch letztens hier vor der Tür um Drogen gebettelt.“

Das stimmte überhaupt nicht, doch die Dinge nahmen ihren Lauf. Das Gespräch mit der Ärztin dauerte nicht lange. Schließlich telefonierte sie und bat um eine Fixierung. Darunter konnte ich mir damals noch nichts vorstellen.

Fünf Minuten später lag ich in einem Bett, Füße und Hände angeschnallt. Um mich herum standen viele Menschen. Es waren mindestens sechs Personen. Ich erhielt eine Spritze. Wehrlos nahm ich alles hin.
Ein wohliges Gefühl der Wärme floss durch meinen Körper. Die Anspannung fiel ab. In mir keimte noch Hoffnung, dass ich bald wieder draußen bin. Ich fühlte mich gut und schrie immer wieder: „Wo bleiben die Nutten?"
Ich kam in ein anderes Zimmer. Mein Bettnachbar dort verhielt sich auch sehr laut und sagte irgendwann: „Du gefällst mir."
Dann verlor ich das Bewusstsein.

An den folgenden zehn Tagen kann ich mich nur an drei Ereignisse erinnern.
Zum einen, wie ein Richter die sechs Wochen Unterbringung verkündete. Das geschah auf der Geschlossenen.
Ein anderes Mal stand ich am vergitterten Fenster und rauchte, als meine Betreuerin draußen vorbeiging. Ich drückte aus lauter Ärger die Zigarette auf meinem Handgelenk aus. Die Narbe blieb ziemlich lange.
Ein Erlebnis hatte ich mit einem Pfleger, der zu mir sagte: „Wir können es ihnen auch spritzen, wenn sie die Tabletten nicht nehmen wollen." Ich lag schon umnebelt im Bett und kann mich auch nur an diesen einen Satz erinnern.
Zwei Jahre später traf ich einen damaligen Mitinsassen, der mich erkannte. Er erzählte mir, dass ich damals immer im Raucherraum war. Ich kann mich nicht an den Raucherraum erinnern, geschweige denn an Unterhaltungen, Arztgespräche oder Mahlzeiten.

Irgendwann wachte ich in Mühlhausen in Haus 22 mit Vollbart auf. Meine Betreuerin und meine Mutter hatten sich intensiv um eine Verlegung gekümmert. Das bekam ich alles gar nicht mit.

Meine Eltern erzählten mir später, dass diese Zeit für sie sehr schwierig war. Beide konnten kaum arbeiten. Sie kamen nicht an mich heran, was in anderen Kliniken möglich war. Mein Vater zitterte zum Beispiel am ganzen Körper, als er am Tag meiner Einlieferung nach Hause fuhr. Meine Mutter weinte damals sehr oft. Doch mit vereinten Kräften klappte der Umzug nach Mühlhausen.
Das erste, was ich dort bewusst aufnahm, war die Band Tocotronic. Irgendein Patient schwärmte immer wieder von den Vorzügen dieser Gruppe. Ich fühlte mich gleich geborgen.
Das lag auch an den, diesmal von Ärzten erhaltenen Drogen. Haloperidol kannte ich ja schon. Besonders das viele Faustan haute rein. Ich erhielt Massen an Valium und Schlaftabletten. Heute möchte ich nicht wissen, was mir vorher alles in Jena verabreicht wurde.

Inzwischen wieder aufnahmefähig, konnte ich mich kaum auf den Beinen halten. Kraftlos und noch nicht ganz fit, fehlte mir die frische Luft.
Die Ärztin von Haus 22 machte eine Ausnahme und gestattete meinen Eltern, mich für ein paar Stunden aus der geschlossenen Psychiatrie zu entführen. Ich hatte mit Krämpfen, sehr verlangsamtem Denken, Apathie und der damit verbundenen Bewegungsunfähigkeit zu kämpfen.
Wir fuhren mit dem Auto in einen kleinen Ort. Uns blieben nur ein paar Stunden. Es war sehr warm.
Immer wieder saugte ich die frische Luft auf. Meine Mutter stützte mich beim Gehen. Auf einem Stein sitzend wurde ich langsam wieder Mensch. Den Horror hatte ich hinter mir. Vier Wochen Krankenhaus musste ich jedoch noch überstehen.
Meine Eltern lieferten mich pünktlich wieder ab. Die Ärztin zeigte sich erleichtert.

Genügend Zigaretten besaß ich und konnte so gelassen die nächste Zeit angehen. Wie im Vorjahr gestaltete sich das Eingesperrtsein erträglich.
Es gab einmal Ärger um weggegessene Rollmöpse. Ein Pfarreranwärter erklärte mir die Prozedur der Papstwahl und ich verstand mich sehr gut mit dem Tocotronic-Fan.

Die Verkrampftheit verschwand langsam. Die vielen Medikamente brachten einen gelassenen und ausgeglichenen Zustand. Ich konnte mich gut unterhalten und das krasse Verhalten aus der Manie war weg. Doch ich schwebte irgendwo anders, jedenfalls nicht in der normalen Welt.
Meine Betreuerin kam vorbei und überbrachte mir die Nachricht, dass die Umschulung weitergeht. Für die Zeit des Praktikums sollte ich zu Hause bleiben und anschließend die Theorie bis zur Prüfung absolvieren. Eine sehr gute Nachricht, bedeutete dies doch, dass der IHK-Abschluss in greifbarer Nähe lag.
Doch noch befand ich mich in der Psychiatrie. Bei den Euro-Schulen musste ich erst wieder in zwei Monaten auf der Matte stehen, daher kam kaum Freude auf. Gerne wäre ich mit meiner Betreuerin zusammen nach Hause gefahren, doch der richterliche Beschluss stand über allem. Außerdem brauchte ich wirklich noch Zeit, um in die Normalität zurückzukehren und mich dort auch zurechtzufinden.
Also biss ich zwangsläufig in den sauren Apfel und riss die restliche Zeit runter.

Meine Lieblingsmannschaft, Bayern München, stand im Europapokalfinale. Das Halbfinale hatte ich gar nicht mitbekommen. Mein Kindheitstraum vom Gewinn der Champions League für die Bayern war möglich. Leider konnte ich das Spiel nicht zu Hause im Wohnzimmer anschauen.
Wir sahen das Spiel zusammen im Aufenthaltsraum. Es befand sich, außer mir, kein Bayern-Fan im Zimmer, im Gegenteil. Von den zehn Zuschauenden waren ein paar Gegner meiner Mannschaft dabei. Beim verschossenen Elfmeter der Münchener jubelte zum Beispiel unser Leitwolf, der auch die Macht über die Fernbedienung besaß.
Die Schwester kam in der Halbzeit mit einem Tablett und verteilte Tabletten. Leider war es kein Bier.
Die Neutralen verabschiedeten sich sehr früh, auch ein paar Gegner gingen zeitig ins Bett. In der Verlängerung schließlich saß ich mit dem Leitwolf, der eigentlich immer schlechte Laune hatte, alleine da. Ab und zu schaltete er einfach um. Ich musste auf ihn einreden.
Als er irgendwann gar nicht mehr zum Spiel zurückschaltete, ging ich ins Erdgeschoss.

Dort stand auch ein Fernseher. Als ich an der verschlossenen Tür klingelte, hörte ich von oben wieder Stadionatmosphäre.
Als Kahn den entscheidenden Elfmeter hielt, sprang ich auf und ging feierlich auf die Toilette. Ich wollte für mich sein. Mir standen die Tränen in den Augen. Ich freute mich für die Spieler.
Als ich in den Fernsehraum zurückkam, lief eine Tierdokumentation. Ich hätte gern die Siegerehrung gesehen, doch der Mann mit der Fernbedienung kam mir zu bedrohlich vor. Trotzdem schlief ich glücklich ein.
Am nächsten Morgen lag eine Bild-Zeitung mit der Überschrift „King Kahn“ vor meinem Zimmer. Ich weiß nicht, wer sie dahin gelegt hatte.

Meine Eltern besuchten mich wie im Vorjahr jedes Wochenende und brachten mir Zigaretten und Süßigkeiten. Der Ausgang hatte sich verlängert und darum gingen wir einmal chinesisch Essen. Ich bestellte die „77“, weil Schumi in Monaco so viele Runden zum Sieg fuhr.

Dank meines guten Benehmens kam ich bald in ein offenes Haus. Endlich konnte ich mich wieder den ganzen Tag frei bewegen.
Doch in den ersten Tagen in Freiheit gingen die verrückten Gedanken wieder los. Die Manie war trotz der starken Tabletten noch nicht besiegt. Außerdem bekam ich manchmal grundlose Ängste.
Bald entdeckte ich den Kaffee und merkte, dass nach einer Tasse die Angst verschwand und ich die Manie voll ausleben konnte. Der Kaffee in Haus 5 war zu schwach, also trank ich jeden Nachmittag meinen Cappuccino im Patientencafé. Er wirkte wie eine sehr gute Droge. Häufig setzte ich mich in die Parkanlage und genoss mein angenehmes Körpergefühl. In diesen Augenblicken spürte ich dann immer eine gewisse Härte, Humor und eine Freundlichkeit in mir. Die Beine kamen mir sehr wertvoll vor.

In den schlechten Phasen hatte ich Angst vor einer Querschnittslähmung und malte alles Schwarz in Schwarz.
Fehlte mir der Kaffee, wurde ich sehr unsicher und niedergeschlagen, von positiven Gedanken war dann nichts zu sehen.

Ich wurde süchtig nach dem Schwarzen Gold, dessen Entdeckung mir bisher verborgen geblieben war.
Der stetige Wechsel der Hochs und Tiefs zerrte an den Nerven. Jeden Tag strömte mein Körper Unmengen an Adrenalin aus. Alles hatte eine Bedeutung, insbesondere für die Zukunft. Immer wieder legte ich neue Prüfungen ab.
Beim Treetbootfahren auf einem See war entscheidend, wie ich an Land komme. Mich erinnerte die Szene an den D-Day und hochkonzentriert stieg ich aus. Wenn ich ins Wasser gefallen wäre, hätte es in ein paar Monaten schlecht für mich ausgesehen.

Ständig verspürte ich Druck und Anspannung und bildete mir ein, dauernd kämpfen zu müssen. In den Phasen der Entspannung fühlte ich mich immer noch großartig.
Die Summe meines Geldes in der Tasche spielte eine Rolle. Die Beträge verband ich mit Prognosen. Beim Tischtennisspielen entschied der Spielstand über zukünftige Ereignisse. Ich strengte mich an, ein bestimmtes Ergebnis zu erzielen. Es kam dem Umstand eine Bedeutung zu, von welcher Firma die Frühstücksmarmelade war, die ich esse.
Mühlhausen war damals wirklich der richtige Aufenthaltsort.

Mit dem Tocotronic-Fan verbrachte ich viel Zeit. Er versprühte ständig gute Laune. Wir verbrachten viel Zeit im Festsaal des U-Bootes.
Mein Mitstreiter spielte dann immer „Imagine“ von John Lennon auf dem Klavier. Ich glaube, er haute es für sich in die Tasten: „Imagine all the People- Stell Dir all die Leute vor ...“ Doch ein Stückchen konnte ich mit dem Lied auch etwas anfangen. Jedenfalls genoss ich es immer, wenn er es spielte. Andere Menschen müssen doch auf dich schauen, wenn du dich so großartig fühlst und du so wertvoll bist.

An den Wochenenden durfte ich heimfahren. Von einem Mitpatienten kaufte ich billig einen Walkman und verbrachte so angenehm die Zugfahrt. Bei der ersten Rückkehr nach Jena in meine Wohnung brachen jedoch Wunden auf.

Ich fuhr mit der Hoffnung nach Hause, dass dort ein Blumenstrauß und eine Entschuldigung von der Polizei oder dem Notarzt auf mich warten.
Mein Hausrecht war missachtet worden und die Art und Weise der vorgefallenen Ereignisse hatten mich zutiefst verletzt. Ich fühlte mich immer noch ungerecht behandelt.
Gespannt ging ich die Treppe hoch. Doch ich sah nichts. Im Gegenteil, das neue Schloss musste ich selbst bezahlen. Das alte war zerstört und unbrauchbar. Da kam ich mir wie Dreck vor.

Mit schönem Essen und dem angenehmem Gefühl, wieder im eigenen Bett zu schlafen, genoss ich trotzdem die zwei Tage. Mit starkem Kaffee putschte ich mich auf und tauchte in die Welt der Geheimdienste ab. Das ganze Wochenende fühlte ich mich als Bodyguard irgendeines wichtigen Politikers. Der saß in meinem Verständnis bequem auf einem Stuhl. Meine Wohnzimmer kam mir wie ein Hotelzimmer vor. Immer wachsam und mit einem geschärften Geist schlief ich im Sitzen.

Mit dem Zug fuhr ich am Sonntagabend zurück nach Mühlhausen. Das hätte ich vielleicht nicht tun sollen, denn mich überfielen Ängste.
Als ich im Abteil saß, stand ein Jugendlicher neben meinem Sitz im Gang. Jeden Augenblick geht er auf mich los, befürchtete ich. Dabei machte er gar nichts. Panisch wechselte ich den Platz.
Nach dem Umsetzen wurde es nicht besser. In meinem Kopf setzte sich der Gedanke fest, dass auf dem Bahnsteig in Mühlhausen jemand zum entscheidenden Duell wartet, wie bei einem Western. Das Gefühl steigerte sich die ganze Zugfahrt. Schräg hinter mir saß ein Polizist, der alles beobachten sollte.
Seit Wochen schüttete ich schon im Übermaße Adrenalin aus. Jetzt war es mir nicht recht.
Auf dem Bahnhof stand dann niemand, doch ich hetzte zum Bus, der mich ins Landesfachkrankenhaus brachte. Erleichtert atmete ich auf, als mich das Klinikgelände wieder hatte. Die Anspannung fiel ab. Mein Tocotronic-Fan wartete schon. Ihm sagte ich jedoch nichts von meinen Ängsten.

Die restlichen Tage in Haus 5 vergingen sehr langsam. Die behandelnde Ärztin fuhr die Dosis der Tabletten ein bisschen herunter. Die Dosis stieg wieder leicht, als ich einen Mitpatienten rüde und ziemlich derb anfuhr.

Auf einem Ausflug in die Stadt bekam ich in einem Café Vergiftungsängste. Ich dachte, mir schüttet jemand etwas ins Getränk und ließ die bestellte Cola stehen. An eine Pizza getraute ich mich in einem anderen Restaurant nicht heran.
Beim Baden bekam ich einmal das Gefühl, ich wäre gerade im Vietnamkrieg. Ich fühlte mich wie ein vietnamesischer Soldat, der eine Pause vom Kämpfen macht. So lag ich in der Wanne. In der Ecke stand aber kein Gewehr. Ich zog auch hinterher keine Uniform, sondern nur meine normalen Sachen an.
Eine Mitpatientin sah aus wie Miss Marple. Mit ihr saß ich einmal im Patientencafé. Am Nachbartisch befand sich ein Mann mit drei Begleiterinnen. Schnell assoziierte ich den Film „4 Frauen und ein Mord“ und bekam Schiss. Die Knie wurden weich. Hastig verabschiedete ich mich und ging schnell zum Imbiss, den ich irgendwann übernehmen wollte. Nach der Tasse Kaffee überkamen mich Gefühle der Erleichterung

Die richterliche Einweisung lief aus. Pünktlich nach sechs Wochen war die Manie verschwunden. Endlich durfte ich nach Hause. Alles Aufregende verschwand. Statt auf Normalform zurückzufahren fiel ich jedoch in ein Loch.

14. Das falsche Urlaubsziel

Froh, dass der Klinikaufenthalt Ende Juni vorbei war, kehrte ich ins normale Leben zurück. Mit meinen 24 Jahren befand ich mich im besten Alter und vor mir lagen zwei Monate freie Zeit bis die Ausbildung weiterging.
Doch in meinem Kopf herrschte Leere. Emotionslos, starr und schwermütig bedeutete alles eine Tortur. An nichts fand ich Freude und so unternahm ich auch nicht viel.

In der geschlossenen Psychiatrie in Jena ist ein Teil von mir gestorben. Danach war ich nicht mehr der Alte. Ich fühlte mich wie kastriert und meines Durchsetzungswillens beraubt. In mir lebte nur noch die Hoffnung auf bessere Tage.
Ich quälte mich in den heißen Tagen im Sommer 2001. Meistens lag ich im Bett. Schlafen konnte ich nur nachts und schaute so oft tagsüber an die Decke und ertrug die Hitze in meiner Dachgeschosswohnung. Es war langweilig.
Was hätte ich tun sollen?

Ich nahm viele starke Tabletten. Doch aus meiner Lethargie befreiten sie mich nicht. Traurigkeit und eine Gefühlskälte ließen keinen Raum für eine unbeschwerte Zeit. Der Abschluss lag zum Greifen nah. Die Kraft und der jugendliche Esprit fehlten jedoch fast vollständig.
Zusätzlich hatte sich etwas im Kopf festgesetzt, was nicht angenehm war. Immer wenn ich ein Blaulicht hörte, ratterte es in meinem Kopf. Ist es jetzt wegen mir? Verhalte ich mich normal?
Dabei spielte es keine Rolle, ob ich die Polizei oder den Krankenwagen hörte. Jedesmal stieg in mir ein unangenehmes Gefühl hoch.
Es sollte lange dauern, bis sich das wieder legte.

Irgendwie musste ich raus. Meine Eltern flogen für eine Woche nach Spanien. In dem Glauben, dass mir der Urlaub gut tun würde, nahm ich an der Reise teil. Keine schlechte Idee, alles Vorgefallene am Strand hinter sich zu lassen.

Die schlechte Stimmung änderte sich in den Tagen auf Mallorca nicht. Wir tranken an den Abenden schöne Cocktails. Genießen konnte ich die Zeit allerdings kaum. Im Gegenteil, ich fühlte mich unwohl, in meinem Alter mit den Eltern gemeinsam zu verreisen. In der Vergangenheit drehte sich in meinem Verständnis alles um Parties und angesagte Clubs. Ich kam mir nun behindert vor. An einem Abend besuchte ich die örtliche Diskothek. Den Unterschied zu früher zu erfahren war schmerzhaft. Es bereitete mir keinen Spaß, tanzende Menschen zu sehen. Aus mir herausgehen konnte ich schon gar nicht.

Zurück in der Heimat meldete ich mich in der Tagesklinik meiner Heimatstadt an, um im Rhythmus des Frühaufstehens und der täglichen Beschäftigung zu bleiben.
Besserung für mein Seelenleben brachte der Aufenthalt nicht. Im Gegenteil, ich verpasste einen Höhepunkt meines inzwischen trostlosen Lebens, die Königsetappe der Tour de France. Armstrong gegen Ullrich hätte ich gern gesehen.
In der ganzen Zeit der Tagesklinik kam es mir so vor, als wenn jemand mit voller Wucht auf meinen Kopf geschlagen hatte. Ein freundliches Lächeln ging überhaupt nicht und auch auf andere zuzugehen schien mir unmöglich.

Der erste Tag bei den Euro-Schulen rückte näher. Mir graute vor dem Beginn, fühlte ich mich unsicher und noch nicht fit.
Am letzten Abend meiner freien Zeit schaute ich einen schönen Film. Mir war mulmig zu Mute. Ich war trotz der langen freien Zeit noch nicht bereit.

Mit schwerem Herzen fuhr ich am nächsten Morgen los. Das Wiedersehen überstand ich, doch in einer Unterrichtsstunde mussten alle von ihrem Praktikum berichten. Laut Sitzanordnung sollte ich als einer der letzten etwas sagen. Immer wieder schaute ich auf die Uhr, als die anderen berichteten. Anscheinend hatte jeder ein tolles, wunderbares Praktikum erlebt. Zwischendurch keimte Hoffnung, dass die Stunde vorüber war, ehe ich an die Reihe kam. Der Wunsch erfüllte sich nicht. Schließlich erzählte ich irgendetwas.

Die Sekretärin des Direktors erlöste mich. Sie kannte die vorgefallenen Ereignisse und leitete zu einem anderen Thema über. Meine Mitschüler wunderten sich etwas, doch die Stunde hatte ich überlebt.

Vor mir lagen fünf Monate bis zur praktischen Prüfung und dem IHK-Abschluss. Bis dahin wollte ich fähig sein wieder zu arbeiten. Meinen Traum ließ ich nicht aus den Augen und glaubte an meine Chance.
Mein ruhiges Verhalten blieb den anderen nicht verborgen. Unsicher und wehrlos hoffte ich, dass mich niemand ärgert. Eine Mitschülerin wurde von der Klasse in der Vergangenheit schon gemobbt.
Zum Glück ließen mich alle in Ruhe. Ich hätte nichts entgegenzusetzen gehabt.

Die ersten Wochen verliefen sehr zäh. In den Pausen auf dem Schulhof sagte ich fast nichts und war froh, als alle wieder in der Klasse saßen. Ich konnte nicht klar denken, trotzdem versuchte ich mich an den Gesprächen zu beteiligen. Zu meinen Mitschülern fand ich jedoch kaum einen Bezug.
Wenn ich heute an die Zeit zurückdenke, war die Zeit bei den Euro-Schulen nicht die schlechteste. Ich machte meine Wunschausbildung und besaß genug Geld um gut leben zu können. Das Schulumfeld und die Räumlichkeiten gefielen mir.
Doch das alles nützte nichts. Ich hätte mich auch auf den Bahamas unwohl gefühlt.

Jeden Tag wartete ich sehnsüchtig auf den Feierabend. Zu Hause schaute ich fast nur Fernsehen und ging meistens 19.00 Uhr ins Bett. Dort hätte ich mich am liebsten immer aufgehalten. Auf der Couch hielt ich es manchmal nicht aus. Ich wollte einfach nur daliegen, schlafen oder vor mich hinstarren. Mir graute es fast jeden Abend vor dem nächsten Tag.
Der Geschmack fürs Essen fehlte mir. Irgendetwas unternehmen war unmöglich. Einigermaßen wohl fühlte ich mich am Sonntag bei den Eltern. Hier redete ich auch ein bisschen mehr. Nach den Besuchen überkam mich wegen der bevorstehenden Woche meistens eine melancholische Stimmung.

Im November sollte die Theorieprüfung stattfinden. Davor hatten wir alle viel Respekt. Von 30 Fragen musste mindestens die Hälfte richtig beantwortet werden um zu bestehen. Es waren Aufgaben mit mehreren Ankreuzmöglichkeiten. Den ganzen Schulstoff zu pauken, wäre zu aufwändig gewesen.
Wir übten im Unterricht mit Prüfungen aus den Vorjahren. Eine Zwei erreichte ich selten. Einmal blieb ich sogar unter den 50%.

Zum Glück verbesserte sich mein Zustand mit der Zeit. Es ging in kleinen Schritten aufwärts.
Langsam wurde ich wieder gesprächiger und das Leben kam mir auch nicht mehr so monoton vor. Vollständig verschwand die Depression nicht, doch ich befreite mich ein wenig aus dem Loch.

Der Fokus lag jetzt auf der theoretischen Prüfung. Hochkonzentriert ging ich die Sache an. Ich näherte mich dem IHK-Abschluss, für den ich jetzt schon über zwei Jahre kämpfte.
Am Tag der Prüfung fühlte ich mich aufgeräumt. Zuversichtlich fuhr ich mit dem Auto nach Gera. In einer großen Kongresshalle fand die Prüfung statt. Neben mir saßen zwei Mädchen, die sich ständig vorsagten. Irgendwann platzte bei mir der Geduldsfaden und meinte zu meiner Tischnachbarin: „Jetzt ist aber mal gut." Von da an hatte ich Ruhe. Bei den letzten Fragen kämpfte ich. Die Konzentration ließ nach. Mit einem guten Gefühl gab ich jedoch die Prüfung ab. Hinterher machte ich Witze mit einer Mitschülerin, mit der ich mich bei den Euro-Schulen ständig rieb. Wir verstanden uns in diesem Augenblick sehr gut.
Kurz vor Weihnachten standen die Noten fest. Ungeduldig rief ich bei der IHK an, weil ich das Ergebnis kaum abwarten konnte. Von 100 möglichen Punkten hatte ich 75 erzielt. Zufrieden ging ich in die Feiertage.

Silvester wollte ich nicht alleine verbringen und so telefonierte ich herum. Ich stellte mich bei einem guten Hotel in Gera vor. Die Personalfrau stellte mich als Aushilfe ein. Den Jahreswechsel zu 2002 musste ich nicht alleine verbringen. Mir gefiel der Abend, befand ich mich unter Menschen.

Kurz vor Mitternacht wünschte der Hotelchef jedem ein gesundes Neues Jahr. Die Schicht endete gegen 6.00 Uhr. Es war der schönste Silvesterabend seit langem und ich verdiente noch ein wenig Geld.

Im Februar sollte die Umschulung enden. Mir ging es wieder besser und so kümmerte ich mich intensiv um einen Job. Ich ging im neuen Jahr nicht mehr zu den Euro-Schulen, weil ich Torschlusspanik bekam. Ich wollte es nicht versauen. Außerdem konnte ich intensiv den Bewerbungsprozess vorantreiben.
Ich verbrachte viel Zeit im Internet und las Stellenangebote. Mit meinem IHK-Abschluss stand mir die ganze Welt offen. Ich rief im „Bellagio" in Las Vegas an. Über eine Personalagentur versuchte ich mein Glück in England. Ich schickte Bewerbungen an das Hilton in Frankfurt und einem Hotel mit 18 Restaurants und einer Musicalshow in Stuttgart. Mir gefiel ein berühmtes Haus in Hamburg.

Ich igelte mich in meiner Wohnung ein, bestellte mein Abendessen beim Pizzaservice. Der Bierkonsum stieg. Beim ganzen Organisieren brauchte ich Alkohol. Ohne es zu merken, schlitterte ich von der Drogensucht hinein in eine weitere Abhängigkeit. Ich trank schon früh mein Bier. Mir gefiel das Leben. Doch ich brauchte die Krankschreibungen. Die besorgte ich bei drei verschiedenen Ärzten. Dazu musste ich denen etwas vormachen, was mir nicht gefiel.
Das Hilton in Frankfurt und das Kempinski München schickten mir Einladungen zu Vorstellungsgesprächen. Mit dem Hotel in Stuttgart beschäftigte ich mich intensiv und erhielt auch eine Einladung.

In dem ganzen Bewerbungsprozess fiel mein 25. Geburtstag. Den feierte ich mit meinen Eltern in einem Nobelrestaurant. Aus mir strömte an diesem Abend Optimismus und Zuversicht. Die schlechten Zeiten der zurückliegenden Jahre waren vergessen. Wir aßen Entenbrust und ich bestellte eine teure Zigarre. Hinterher ging ich noch ins Kino.

Den Abschluss vor Augen beschäftigte ich mich mit dem richtigen Feiern dieses für mich bedeutenden Ereignisses. Vier Tage Amsterdam standen auf meinem Wunschzettel.

Nach all den Rückschlägen schien mir Holland mit seinen Coffee-Shops das richtige Ziel. Ich war schon mehrmals wegen der Drogen auf die Fresse gefallen, doch anscheinend nicht hart genug.

Auch heute weiß ich nicht, was mich damals geritten hat. Wahrscheinlich wollte ich in den vier Tagen das Gefühl der Drogenzeit zurückholen. Dass dies inzwischen nicht mehr ging, erkannte ich nicht. Ein Arzt in Mühlhausen sagte mir, ich solle die Finger vom Gras lassen, sonst könne das böse enden. Doch die Sucht nach Marihuana saß so tief verankert in meinem Kopf fest, dass ich den Ratschlag beiseite schob.

Ich organisierte ein Zimmer mitten im Rotlichtviertel. Die Gäste des von mir ausgesuchten Jugendhotels erhielten neben einem Frühstück auch Rabatt im angrenzenden Coffee-Shop. Das Auto wollte ich in der Amsterdam Arena abstellen. Ich freute mich auf den Trip.

Der Tag der praktischen Prüfung nahte. Vier Wochen hatte ich verpasst. Bei einer Mitschülerin rief ich an, die mich auf den neuesten Stand brachte. Ich traute mir zu, ohne große Vorbereitung in die Prüfung zu gehen. Ich lernte lediglich die sechs Cocktails, die drankamen. Zu jedem Drink suchte ich im Internet nach Geschichte und Besonderheiten. Ein Schwerpunkt der praktischen Prüfung war die Organisation einer Veranstaltung. Das kannte ich noch aus der Lehre. Sitzanordnung, bereitgestellte Getränke und der Preis mussten geplant werden. In einem Rollenspiel mit dem Prüfer wurde dann alles besprochen.
Den Abschluss bildete das Bedienen eines Mittagstisches mit vier Personen. Dazu gehörte auch das richtige Eindecken.
Ich besorgte mir eine edle schwarz-weiß gestreifte Weste. Die passte mir gerade so, denn ich hatte ein paar Kilo zugenommen.

Aufgeregt, doch mit einem guten Gefühl ging ich an einem Mittwoch an die Sache heran. Das Gespräch mit dem Prüfer verlief gut. Er stellte viele Fragen, die ich mit einer inneren Überzeugung beantwortete. Beim Mixen der Cocktails gab es keine Probleme. Ich servierte einen Gin Fizz.

Beim Eindecken meines Tisches gab ich mir große Mühe und faltete Servietten, die aussahen wie die Oper von Sydney. Dann nahmen die Prüfer Platz. Ich zitterte ein wenig, als ich die Getränke brachte. Das lag auch an den Medikamenten.
Ohne Probleme rief ich mein Wissen ab, zum Beispiel von welcher Seite man sich dem Gast nähern musste oder die Tragegriffe der Teller. Nach dem Mittagessen brachte ich auf einem Tablett noch eine Runde Kaffee.
Dann zogen sich die Prüfer zurück. Wir warteten alle gespannt auf das Ergebnis.

Ich erhielt 74 Punkte. Mit der Theorienote von 75 Punkten kam ich insgesamt auf 75 Punkte. Endlich hatte ich es geschafft.
Die Urkunde wurde ein paar Tage später mit der Post verschickt. Die Briefträgerin knickte den Umschlag, worauf ich mich bei der Post beschwerte.
Stolz betrachtete ich trotzdem immer wieder das Schriftstück von der IHK.

Drei Krankenhausaufenthalte mit schweren Manien hatte ich in der Ausbildung zu bewältigen. Es gab Rückschläge und Tiefs. Für den Abschluss musste ich wirklich kämpfen. Der tägliche Kampf und das Unwohlsein in der Lehre, die Besuche der Berufsschule, das schlechte Gefühl in der Umschulung, das oftmals nicht Weiterwissen zehrten sehr und kosteten eine Menge Energie.
Ich ging von da an nicht mehr als Ungelernter durch die Welt. Dass ich das geschafft hatte, lag auch an der unerschütterlichen inneren Überzeugung und den festen Willen es zu packen. Was der Abschluss wert war, sollte die Zukunft zeigen.

Die Zeugnisausgabe bei den Euro-Schulen folgte noch. Der Direktor höchstpersönlich teilte sie aus.
Das empfand ich festlicher, als das bloße Zuschicken der Urkunde mit der Post. Auf die Worte „Herzlichen Glückwunsch“ bedankte ich mich höflich. Die Sache hätte auch anders ausgehen können.
Es gab ein leckeres Mittagessen und ein Gläschen Wein. Hinterher machten wir Schüler noch Erinnerungsfotos.

Leider hatte ich keinen, mit dem ich feiern konnte, was die Freude ein wenig trübte. Ich stand immer noch alleine da. So blieb mir nur meine kleine Reise.
Die Wohnung hatte ich inzwischen zum März gekündigt. Ich hatte einige Eisen im Feuer und war zuversichtlich einen Job irgendwo in Deutschland zu bekommen. Inzwischen gab mein Gesundheitszustand wieder Anlass zu optimistischen Zukunftsaussichten. Ich fühlte mich fähig zu arbeiten und war bereit meine Heimat zu verlassen.

An einem Samstag im Februar 2002 machte ich mich erst einmal auf den Weg nach Amsterdam. Was danach kam, glich einem Alptraum.

15. Angst

Mit meinem Audi fuhr ich über die Autobahn Richtung Holland. Das Hotelzimmer stand mir ab Sonntagmittag zur Verfügung. Angekommen stellte ich das Auto im Parkhaus des Fußballstadions ab. Dann ging es mit der S-Bahn in die Stadt. Mit einer Reisetasche über der Schulter suchte ich im Rotlichtviertel von Amsterdam nach meiner Unterkunft. Durch enge Straßen schlenderte ich vorbei an Schaufenstern, in denen hübsche, käufliche Frauen saßen. Mich interessierte erst einmal ein Coffee-Shop in der Amstelstreet, den ich gleich aufsuchte, nachdem die Sachen im Hotelzimmer verstaut waren.

Für 10 Euro kaufte ich Gras, setzte mich an einen Tisch am Fenster und drehte mir einen Joint. „Auf den Abschluss", murmelte ich, als die Tüte brannte.
Ich hatte verloren, obwohl der Kampf um eben diesen Abschluss von mir gewonnen wurde.

Was folgte, waren vier Tage wandeln durch Amsterdam. Dabei bewegte ich mich kaum aus dem Rotlichtviertel heraus. Als eine der ersten Handlungen besorgte ich mir in einer Gasse Kokain. Mit Drogen ausgerüstet ging es in viele Bars und Cafés. Als praktisch erwies sich das Hotel als Rückzugsort. Ich genoss die Zeit und schwebte durch die Straßen.
Erfüllt verließ ich die Stadt, ohne etwas für zu Hause mitzunehmen. So erwies sich der Grenzübertritt als ein unaufgeregtes Ereignis. Auf der Heimfahrt kurz nach dem Frankfurter Kreuz stieg die Lichtmaschine meines Audis aus. In der Dunkelheit stellte ich das Auto auf dem Seitenstreifen ab und rief den ADAC. Als ich wartete, rauschten viele LKWs vorbei. Manche hupten. Ich hatte Angst um mein Auto. Der gelbe Engel kam schließlich und brachte mich nach Hause. Der Audi hing am Abschlepphaken.

Wieder in der Heimat kümmerte ich mich intensiv um einen Job. Im Internet las ich, dass die Hilton Hotels Aushilfen suchte. In meinem

Hirn, das durch Amsterdam etwas abbekommen hatte, ratterte es. Das Hilton wollte mich als Aushilfe nicht haben, was mich damals traf. Jetzt hatte ich einen Abschluss und nun suchten sie Aushilfen.

Mit großer Hoffnung fuhr ich zu einem Vorstellungsgespräch nach Stuttgart zu einem tollen Hotel. Leider endete der Termin mit einer Ablehnung. Als Begründung hörte ich nur: „Sie waren am Anfang zu aufgeregt."
Mir blieben nur noch wenige Tage. Die gekündigte Wohnung in Jena hatte schon einen Nachmieter. Meine Felle schwammen davon. Notgedrungen musste ich erst einmal wieder bei den Eltern einziehen.

Ich sah mich als gescheitert an und sponn mir etwas zurecht, was fast mein Leben kostete.
Das Stellenangebot des Hilton vom 14.2. war der Beginn eines Countdowns, der am 28.2. um 0.00 Uhr endete. Dann sollte ich umgebracht werden. Es war das Ende meines Mietvertrages und die Rückkehr in meine Heimatstadt. Am 19.2. setzte sich dieser Gedanke in meinem Gehirn fest. Mir blieben neun Tage.

Die folgenden Tage ähnelten einem Spießrutenlauf. An einer Tankstelle spürte ich Blicke von zwei Männern, die hämisch grinsten. Im Straßenverkehr kam es mir wieder so vor, dass ich angegriffen werde.
Ich hatte Bedenken um meine Hände, die abgehackt werden sollten. Die Blicke der Leute zeigten Verachtung. Mein Leben fühlte sich wertlos und überflüssig an und ich fand mich mit der Situation ab, dass der Tod unmittelbar bevorsteht. Nur vor der Art und Weise graute mir. Das Gefühl der Todesangst baute sich immer mehr auf.

Der Umzug stand an. Mir war es nicht möglich daran teilzunehmen. Ich hatte weiche Knie und befand mich neben der Spur. Die gebündelte Kraft einer ganzen Stadt nahm ich in meinem Bewusstsein wahr.
Verzweifelt wandte ich mich an meinen Vater. Dem konnte ich die Sache nicht glaubhaft vermitteln. Es hörte sich schließlich unglaublich an.

Das Gespräch verlief ergebnislos. Mein Vater wusste nicht, was er sagen sollte. „Wer will dir was antun?“, lauteten seine Worte. Dem konnte ich nichts erwidern. Dass sich eine ganze Stadt gegen mich verschworen hatte, kam nicht über meine Lippen. Die Anspannung verschwand nicht nach der Unterhaltung. Meiner Ärztin wollte ich die Sache auch nicht anvertrauen, da sie anscheinend mit unter der Decke steckte.

In meiner Not wendete ich mich in Briefen an Claudia Roth und den Bundespräsidenten. Eine Stadt kann doch keinen Menschen kollektiv umbringen. Aus dem gemeinschaftlichen Mord fand ich keinen Ausweg. Sich an die Polizei zu wenden hatte auch keinen Sinn, da sie in den teuflischen Plan involviert war.

Noch blieben mir ein paar Tage übrig. Als ich einmal alleine in der Wohnung meiner Eltern war, klingelte es an der Tür. Mir wurde ganz anders. „Jetzt holen sie mich“ dachte ich und das Adrenalin schoss durch meinen Körper. Zitternd hockte ich im Flur und getraute mich nicht die Tür zu öffnen.
Meine Zigaretten kaufte ich auf Vorrat und ich fühlte mich bei solchen Aktionen gehetzt. Unter Menschen zu gehen, bedeutete immer mehr eine große Herausforderung. Alles legte ich gegen mich aus. Eine Mutter fragte zum Beispiel an einer Eisdiele ihr Kind: „Willst du 'ne Kugel?“ Beim Vorübergehen hörte ich diesen Satz und bezog ihn auf meine Situation.

Fast jeder strahlte in meinem Empfinden Kälte aus. Ich spürte die ganze Härte der Leute und nahm Verachtung und Hass wahr. Zunehmend wurde ich trauriger und war zutiefst enttäuscht. Rentner drückten mit ihren Blicken Bedauern und Enttäuschung aus. Lehrerinnen mit ihren Schulklassen kümmerten sich lieber um die aktuellen Schüler. Abgeschrieben war ich, dem Tode geweiht.

Irgendwann waren nur noch vier Tage übrig. Jeder in meiner Heimatstadt war gegen mich. Getrieben von Panik sah ich keinen Ausweg. Von einem Aussichtspunkt wollte ich mich zu Tode stürzen. Drei Euro hätte der Eintritt für die Plattform gekostet.

Für meinen Tod wollte ich jedoch kein Geld ausgeben. Mich beschäftigte die Art und Weise des Sterbens und das war mit das Schlimmste. Das Gefühl des Bedrohtseins stieg jeden Tag immer mehr an. Hatte ich bei übrigbleibenden vier Tagen noch etwas Luft, zählte ich bald die Stunden.
Die schönsten Momente waren die Augenblicke kurz nach dem Aufwachen. Nach einer kurzen Unbeschwertheit realisierte ich jedoch langsam die ganze Tragweite meiner problematischen Situation.
In meinem Kopf herrschte ein großes Durcheinander. Klar Denken schien unmöglich. Die quälende Frage lautete, ob ich umgebracht oder behindertenreif geschlagen werde. Vor dem Rollstuhl und einer gleichzeitigen Blindheit hatte ich genauso viel Angst wie vor dem Sterben. Wer sollte die Tat bloß durchführen?

Fieberhaft suchte ich nach Verbündeten, etwa nach Menschen aus meinem bisherigen Leben, die mir vielleicht beistehen könnten. Doch die Suche danach blieb ergebnislos. In meiner Wahrnehmung hatte jeder den Daumen nach unten gesenkt.
Mein Dasein war dem Tod geweiht. Der 28. Februar kam. Wie ein Insasse einer Todeszelle wartete ich auf mein Schicksal. Den ganzen Tag stand ich neben mir, aufgelöst und getrieben von nackter Angst. Warum konnte kein Schaltjahr sein, dann bliebe mir noch ein Tag.

Kurz vor Mitternacht ging ich in die Offensive und verließ die Wohnung. Hoch erhobenen Hauptes wollte ich meinem Schicksal entgegentreten. Der Tank des Autos war fast leer, sodass mein Weg zur Tankstelle führte. Mit zitternden Händen bezahlte ich die Rechnung. Anschließend führte meine Fahrt raus aus meiner Heimatstadt nach Erfurt. Dort setzte ich mich in eine Kneipe, um auf das Ende des Tages und meines Lebens zu warten. Irgendein Mensch musste gleich zur Tür hereinkommen und mich angreifen. Adrenalin schoss durch meinen Körper, als der Zeiger der Uhr sich fortbewegte. Dann wurde es 0.00 Uhr …
Nichts passierte. Keiner kam.
Aus nackter Angst entstanden auf einmal befreiende Gefühle der Erleichterung.

Fachleute nennen das Angst-Glück-Psychose. Mir stand wieder einmal eine Manie ins Haus. Ich durchlebte ein paar schreckliche Tage. Jetzt fühlte ich mich wieder großartig. Die Todesangst und die harte Zeit im Sommer waren vergessen. Ich sollte erneut für einige Zeit krass unterwegs sein. Anscheinend wurde es mit jeder Manie heftiger.

Mitten in der Innenstadt brüllte ich ziemlich oft in die Himmelsrichtung, wo Berlin lag: „Das ist sowas wie eine letzte Warnung." Gemeint war die Regierung. Mit ein paar mehr solchen Aktionen hätte ich stadtbekannt werden können.
Wieder traten Geheimbünde und Götter in mein Leben. Mir passierte etwas, was ich jahrelang nicht erklären konnte.
Mit einer Flasche Jack Daniel's bewaffnet zog ich nachts durch die Stadt. Auf einmal drehte sich mein linker Fuß nach innen. Nach außen bewegen ging nicht mehr. Es tat dann weh. Ich hatte einen Klumpfuß wie Goebbels. So humpelte ich durch die Gegend. Auf einem Platz, wo sich Hitler und Goebbels einst trafen, stieß ich auf eine charismatische, schwarz angezogene Person mit einer sehr großen Sonnenbrille. Er fragte mich nach einem Schluck Whiskey. Wir unterhielten uns darüber, dass jeder Mensch seine Drogen braucht. Dann fuhr ein Taxi vor. Der geheimnisvolle Mensch lud mich ein, Platz zu nehmen. Ich lehnte ab.
Wäre ich sonst bei den Illuminaten gelandet? Oder hatte ich gerade mit einem Außerirdischen gesprochen? Mich beschäftigte der verdrehte Fuß und der Schmerz, der am nächsten Tag verschwunden war und auch in der Folgezeit nicht mehr auftrat.
An diesem Abend fühlte ich mich jedenfalls so phantastisch wie selten zuvor in meinem Leben.

Endlich konnte ich mich wieder wehren. Die Geschehnisse in Jena mit den vielen Leuten in der Wohnung und anschließendem Filmriss hatte ich noch nicht verwunden und machte meine Betreuerin dafür verantwortlich. Ich terrorisierte sie mit Anrufen. Meine Manie konnte ich nicht weiter frei ausleben, denn die Betreuerin veranlasste, dass ich mich für zwei Tage in einer Klinik vorstellen musste.

Ein Arzt erstellte ein Gutachten, welches zu einem richterlichen Beschluss führte. Schon wieder sollte ich sechs Wochen einfahren. Mein Wunsch lautete Mühlhausen, was sich noch als Fehler herausstellen sollte.
Erst einmal bekam ich wieder die Ehre, von mehreren Polizisten in den Krankenwagen geführt zu werden und dort angeschnallt auf einer Trage zu liegen. Das war mir egal, denn ich fühlte mich gut. Hätte ich es geschickter angestellt, wären die sechs Wochen Unterbringung auch auf einer offenen Station möglich gewesen.

Was folgte, kennen Sie bereits. Das Umfeld in Haus 22 war mir eine Spur zu hart und ich befand mich in einer Einbahnstraße. Mit einer gerichtlich bestellten Betreuerin und im dritten Jahr in Folge in der Geschlossenen, dazu ein weiterer Krankenhausaufenthalt …
Mir schwante Böses, dass es immer so weiter gehen soll. Mit das größte Problem damals war, dass die Drogen immer wieder aus meinem Blut verschwunden waren, jedoch nicht aus meinem Kopf.

So konnte es nicht weitergehen, also schrieb ich Briefe und kam schließlich früher frei. Dieses Geschenk nahm ich als Ansporn. Mit weiteren Briefen wurde ich die Betreuung los und seit diesen Tagen im März 2002 war ich nicht mehr in Mühlhausen oder sonst irgendwie eingesperrt.

Die heftige Zeit war mit der vorläufigen Entlassung beendet. Doch ich war noch nicht über den Berg, längst nicht. Erst einmal trat Erschöpfung ein.
Und ich war ein wandelndes, menschgewordenes Versuchskaninchen geworden. Das richtige Medikament und den richtigen Arzt musste ich erst noch finden.
Es ist mit dieser Diagnose ein schmaler Grat bis hin zum Tabletten nehmenden Zombie. Damit meine ich vor allen Dingen das aufgeschwemmte Gesicht und die Steifigkeit der Bewegungen.

Es sollte eine triste Zeit folgen. Im Frühling 2002 bezog ich wieder mein ehemaliges Kinderzimmer.

16. Nichts geht mehr

Zum Glück wurde ich von meinen Eltern wieder aufgenommen. Mit viel Pech wäre ich im Obdachlosenheim oder in einem Betreuten Wohnen gelandet. Nach all den Vorfällen bedeutete die Aufnahme keine Selbstverständlichkeit.
Meine Eltern bewohnten eine 60 m² große Dachgeschosswohnung. Mein Zimmer für die nächste Zeit hatte Schrägen und bestach auch nicht durch eine übermäßige Größe.
Ich war absolut nicht in der Lage mir eine eigene Wohnung zu suchen. Die Kraft dazu fehlte vollständig. Die dämpfende Wahrnehmung der Umwelt kehrte wieder zurück.
Doch das Bedrückendste war die Tatsache, dass ich nicht weiterwusste. Das „Wohin“ oder „Was mit dem Tag anfangen“ stellten ein unlösbares Problem dar. Unfähig, mich in meinem Zustand irgendwo wegen einer Arbeit vorzustellen, hatte ich absolut keine Ahnung wie ein ausgefüllter Tag aussehen sollte.

Von Kumpels oder einer Freundin war schon längst keine Rede mehr. Die neun Tage Todesangst hatten meinem Kopf solch einen Knacks gesetzt, dass die Stadt kein Ausgehziel darstellte. Mir fehlte zu allem die Muße, selbst zum Fahrradfahren oder Spazierengehen. Mich Umbringen kam nicht in Frage, dazu war ich zu müde und mir fehlte dafür der Antrieb. So blieb nur das Verkriechen in meinem Zimmer. Da hockte ich nun tagaus tagein.
Die Anstrengungen der vergangenen Jahre fiel ab. Die vielen Hochs und Tiefs kosteten eine Menge Energie.

Ich war fertig mit der Welt.

Mir fehlte die Kraft aufzustehen. Es ging nichts mehr und ich hatte mich aufgegeben.
Fast die ganze Zeit saß ich apathisch auf der Couch. Nur zum Einkaufen ging ich vor die Tür. Zum Glück war irgendwann der Fernseher erfunden worden. Ohne ihn wäre alles noch viel schlimmer gewesen.

Mein Traum vom Arbeiten in der großen weiten Welt hatte sich in Luft aufgelöst. Der IHK-Abschluss nutzte mir nichts. Dieses Gefühl wischte ich mit reichlich Alkohol weg. Von Drogen wollte ich nichts mehr wissen, auch weil die Beschaffung inzwischen fast unmöglich geworden war. Das Thema gehörte der Vergangenheit an, bis heute. Jetzt widmete ich mich erst einmal dem legalen Rausch. Meine zerstörten Hoffnungen und Sehnsüchte ließen sich mit Bier und Whiskey einigermaßen betäuben.

Mein Tagesablauf war fast jeden Tag der gleiche. Ich schlief bis Mittag. Nach dem Aufstehen trank ich Kaffee und setzte mich vor den Fernseher. Der Höhepunkt des ganzen Tages waren die Simpsons. In deren Welt abzutauchen ließ das monotone Leben ein wenig vergessen. Abends schaute ich dann immer Harald Schmidt. Erst mitten in der Nacht legte ich mich schlafen. So ging es eigentlich jeden Tag. Ohne wirkliche Höhepunkte verbrachte ich die Zeit von morgens bis abends in meinem Zimmer.
Es kam auch mal vor, dass ich meine Eltern früh hörte, wenn sie zur Arbeit gingen. In diesen Momenten fühlte ich mich besonders schlecht.

An Musik fand ich überhaupt keine Freude. Ins Kino gehen war ein Ding der Unmöglichkeit. Lesen ging gar nicht. Mir blieb der Sport übrig. Die Fußball-WM 2002 fiel in diese Zeit. Leider übertrugen ARD und ZDF nicht alle Spiele. Das ganze Turnier sah ich auf meinem Fernseher mit 37 cm-Bildschirm. Ich fühlte mich hundeelend, sodass mir dieses Großereignis keine Freude machte. Bei der Tour de France war Jan Ullrich verletzt. Ich zog mir die Etappen trotzdem alle rein. In mehreren Nächten lief der America's Cup. Stundenlang schaute ich zwei Booten beim Segeln zu.

Jeden Tag brauchte ich mein Bier. Bei „Real“ ging ich dreimal die Woche einkaufen und schleppte dann immer an die 20 Dosen nach Hause. Ich hatte keine feste Marke, sondern nahm von jeder Sorte ein oder zwei Dosen. Der Einkaufskorb sah oft schön bunt aus. Auf dem Weg zur Kasse hoffte ich, dass mich keiner von früher erkennt und auch beim Bezahlen war es mir peinlich.

An diesen Tagen bewegte ich wenigstens den Audi. Einfach so durch die Gegend zu fahren bereitete mir keinen Spaß. Ein festes Ziel, außer dem Supermarkt, hatte ich nicht. Natürlich sahen mich da auch Lehrer oder Leute von früher. Am liebsten hätte ich einen Umhang getragen, der mich unsichtbar macht.

Spätabends aß ich sehr oft noch etwas. Meine Lebensweise machte sich bald beim Gewicht bemerkbar. War ich vorher schlank, quoll nun mein Körper auf. Die Kondition fiel rapide ab. Ich keuchte beim Treppensteigen.
Doch was sollte mich aus meiner Situation retten? Ich wollte einfach nur in Ruhe gelassen werden.

Mein Vater fuhr mit mir einige Male Rad, doch ziemlich bald konnte ich mich nicht mehr überwinden wenigstens das zu tun. Ein gemeinsames Familienessen am Sonntag fand nicht statt. Dazu war ich nicht in der Lage. Ich aß in meinem Zimmer und sah dabei fern. Auf beengtem Raum lebten wir drei zusammen, doch ich befand mich fast nur in meinem Zimmer. Den Schmerz meiner Eltern zu sehen, wie der eigene Sohn vor die Hunde geht, setzte mir auch noch zu. Sie litten und waren ohnmächtig, mir nicht helfen zu können. Weinen konnte ich nicht. Ich nahm es hin, doch ich fragte mich schon manchmal, wie meine Zukunft aussehen sollte.

Das Jahr 2002 neigte sich dem Ende zu. Es waren jetzt schon mehrere Monate, die ich in dieser Einsamkeit zubrachte. Zur Weihnachtszeit kam noch mehr Melancholie auf. Es war unerträglich.
Zu Silvester schämte ich mich wieder vor meinen Eltern und musste einfach nur raus. Doch wohin? Mir fiel nichts ein. So verbrachte ich den Jahreswechsel allein im Auto. Der richtige Parkplatz stellte schon ein Problem dar. Mich sollte möglichst keiner sehen. Die Zeit verging überhaupt nicht. Wenn es zu kalt wurde, fuhr ich ein bisschen herum. Der Höhepunkt des Abends war ein Gericht vom Chinesen.
Heilfroh, die vielen Stunden überstanden zu haben, kehrte ich am frühen Morgen in die warme Wohnung zurück. Es war wirklich trostlos.

Kurz darauf hatte ich Geburtstag. Da passierte ein Unglück, denn mein Auto musste in die Werkstatt und es stand mir somit an diesem Tag nicht zur Verfügung. Jetzt hatte ich wirklich ein Problem. Zu Hause bei den Eltern zu bleiben, kam für mich nicht in Frage. Es wäre zu deprimierend gewesen. Ich brauchte einen warmen Ort, an dem ich unerkannt warten konnte, bis der Tag vorüber war. Die Wahl fiel unheimlich schwer. Ich entschied mich für einen Keller eines Studentenwohnheimes. Zwölf Stunden musste ich herumkriegen. Die Zeit kam mir wie eine halbe Ewigkeit vor. Ich lief in einem langen Gang immer wieder auf und ab. Ab und zu wurde ich in meinem Treiben ertappt, denn Waschmaschinen standen in einem Raum des Kellers.
In dieser Nacht setzte ich alles auf die Zukunft. Das hielt mich einigermaßen aufrecht. In einer Ecke sitzend kamen mir dann doch die Tränen. Ich war enttäuscht vom Leben und das Selbstmitleid drückte auf meine Seele. Zwölf Stunden alleine zu verbringen, kann verdammt lang sein. Irgendwann war die Zeit rum und ich schlurfte nach Hause. An meiner beschissenen Gesamtsituation hatte sich nichts verändert.

Der blanke Horror war die Tatsache, dass ich mich alle drei Monate wegen meiner Rente beim Arbeitsamt vorstellen musste. Es kostete jedesmal viel Überwindung dorthin zu gehen. Ich fühlte mich so schon elend. Mein Geld bekam ich vom Sozialamt. Die wurden auch mal stutzig und schickten mich zu einer Arbeitsvermittlung. Ich sollte Bewerbungen losschicken. Das tat ich dann auch und erhielt Einladungen zu Vorstellungsgesprächen. Doch ich war nicht imstande, irgendetwas anzupacken und brachte Krankschreibungen, die ich ohne Probleme bekam.

Endlich nahm ich wenigstens regelmäßig Medikamente. Von meiner Ärztin erhielt ich so viele Spritzen, dass eine neue Manie möglichst gar nicht erst auftrat. Die Depression spürte ich außerdem immer noch hartnäckig in meinem Kopf. Mir konnte kein Therapeut und keine Tablette helfen.

Der Frühling 2003 brach an. Ich vegetierte jetzt schon ein Jahr dahin.

Die Geschehnisse mit dem verdrehten Fuß aus der letzten Manie gingen mir nicht mehr aus dem Kopf. Ich erinnerte mich an eine gute Ärztin aus der Klinik meiner Heimatstadt. Die wollte ich dazu befragen. Sie arbeitete inzwischen in einer Tagesstätte für psychisch Kranke. Wir vereinbarten einen Termin.
Irgendwie schaffte ich es an einem Vormittag aus dem Bett zu kommen. Das Gespräch brachte mich nicht weiter. „So etwas kann passieren. Die Manie schlägt sich auch auf Körperteile nieder“, meinte die Ärztin. Ich war enttäuscht, weil mir auch der Mann mit der großen Sonnenbrille suspekt vorkam. Wahrscheinlich war alles nur Zufall.
Mit dem Auto machte ich mich wieder auf den Weg nach Hause. Unterwegs ratterte es in meinem Kopf. Sollte es ewig so weitergehen? Wäre die Tagesstätte nicht ein Ort, wo ich hingehen könnte? Mir hatten die Räumlichkeiten des Hauses gefallen. Es war eine alte Villa in bester Wohngegend. Früher beherbergte es eine Kinderkrippe, die ich bis zum dritten Lebensjahr besucht hatte.

Ich kehrte wieder zurück und redete mit dem Chef und der Geschäftsführerin der Tagesstätte. Beide schlugen mir eine Probezeit vor. „Wenn sie bereit dazu sind, könnte es losgehen“, hörte ich den Chef sagen.
Plötzlich hatte ich wieder ein Ziel vor Augen und eine Beschäftigung in Sicht. Das war auch gut so, denn die nächste Manie mit einem zu erwartenden weiteren Loch stand kurz vor dem Ausbruch. Ich wusste nicht, wie mir geschah. Hatte „der Spaß“ nie ein Ende?

Es sollten noch zwei Wochen vergehen, bis ich mich aufraffen konnte zur Tagesstätte zu gehen. In der Zwischenzeit bekam ich im fünften Jahr in Folge eine Manie. Es war zum Mäusemelken!

17. Schöne Orte

Am Morgen meines Beginns in der Tagesstätte badete ich gründlich und rasierte mich. Ziemlich bald merkte ich, dass meine Konzentrationsfähigkeit im Keller und ich körperlich am Ende war. Ich hatte inzwischen fast 40 Kilogramm an Gewicht zugelegt. Das eine Jahr zu Hause rumhängen machte sich bemerkbar.

Doch durch die Tagesstätte kam ich wieder unter Leute und konnte jeden Morgen aufstehen, um einer Beschäftigung nachzugehen. Ich befand mich unter Menschen, die auch eine psychische Erkrankung besaßen. Ich erhielt eine regelmäßige Mahlzeit, bekam ein Frühstück und konnte für 25 Cent eine Tasse Kaffee auf der wunderschönen Terrasse trinken. Ich fühlte mich von Anfang an wohl. Im Haus gab es für die Klienten die Möglichkeiten Bilder zu malen, etwas zu töpfern, in die Arbeitstherapie zu gehen oder in der Küche mitzuhelfen. Wenn die Manie abgeklungen war, sollte ich in die Werkstatt und dort Metallteile entgraten.

Doch erst einmal konnte ich mein erneutes Hoch genießen, befand ich mich nun in einem geschützten Rahmen und brauchte daher keine Angst haben, wieder in die Geschlossene zu müssen.

Meine Oma gab mir 500 Euro. Mit diesem Geld mietete ich mich unter falschen Namen für eine Nacht im Hilton ein. Das wäre mit einem Mädchen noch schöner gewesen, doch mein Versuch bei einer kurz zuvor kennengelernten Barbekanntschaft scheiterte. „Ich habe ein Zimmer im Hilton“, versuchte ich ihr die Sache schmackhaft zu machen. Doch sie lehnte ab: „Ich kenne dich doch gar nicht richtig.“ Meine Überredungskunst scheiterte bei „Brauchst keine Angst zu haben, den Pornokanal habe ich schon geguckt.“
Wieder zurück im Hotel beschäftigte ich den Zimmerservice und die Rezeption. Ich schaute den Film „Der Anschlag“ und ließ mir Champagner und Häppchen bringen. Die Minibar wurde von mir ausgiebig geplündert. Betrunken torkelte ich irgendwann mit einem Bademantel bekleidet über den Flur. Zum Schlafen überredete mich

schließlich eine Empfangsmitarbeiterin: „Vielleicht legen Sie sich besser hin.“ Am nächsten Morgen frühstückte ich noch und bezahlte die gesalzene Rechnung. Den Hilton Bademantel nahm ich einfach mit.

In der Tagesstätte lernte ich ein hübsches Mädchen kennen. Sie verließ bald darauf die Stadt, um in Berlin bei ihrer Mutter zu leben. Ich sollte Franziska jedoch bald wiedersehen.

Die Manie ebbte langsam ab. Diesmal fiel ich in kein so großes Loch. Nicht mehr so aufgedreht gelangte ich langsam in den Alltag der Tagesstätte. Es ging in die Werkstatt zum Entgraten. Ohne bestimmte Normen schaffen zu müssen und mit vielen Pausen baute mich die Tätigkeit langsam auf. Das vollzog sich leider nicht von heute auf morgen. Es kam in der ersten Zeit ein paar Mal vor, dass ich mich in der Mittagspause auf drei Stühlen in der Werkstatt langmachte. Das tägliche Aufstehen bedeutete jedesmal ein Kampf gegen mich selbst. Doch es klappte in der Regel gut. Mit den Monaten wurde ich auch gesprächiger.
Mit Ausdauer besiegte ich den inneren Schweinehund, denn gegen Ende des Jahres 2003 nach neun Monaten Tagesstätte fühlte ich mich so gut wie seit fünf Jahren nicht mehr. Die Leute in dem Haus gefielen mir und die Atmosphäre war entspannt. Es wurde nicht über andere gelästert oder jemand gemobbt. Ich brauchte mich nicht zu verstellen. Das Umfeld war das Beste, was ich bisher in meinem Leben an Arbeitsplätzen erlebt hatte. Jeden Tag ging ich gern in die Tagesstätte. Für das Entgraten bekam ich vom Sozialamt unter dem Motto „Arbeit statt Sozialhilfe“ noch ein wenig Geld zusätzlich zur Unterstützung.

Eine positive Nachricht erhielt ich im Sommer. Mein Audi schaffte 2003 noch einmal den TÜV. Das war nicht unbedingt zu erwarten, denn das Auto war schon 17 Jahre alt. Es fuhr trotzdem immer noch einwandfrei. Und auch sonst schien langsam immer mehr die Sonne.

Besser drauf kümmerte ich mich um eine eigene Wohnung. Im Dezember war es dann soweit.

Ich bezog eine 40m² große Neubauwohnung mit Balkon. Mein Vater half mir beim Umzug und richtete die Küche ein. Einen großen Fernseher hatte ich inzwischen gekauft. Waschmaschine, einen Kühlschrank und die Ledercouch besaß ich noch von Jena. Mit viel Liebe und Geld vom Sozialamt richtete ich die Wohnung hübsch ein.
Am 11.12. erledigte mein Vater noch ein paar Handwerksarbeiten und verabschiedete sich. Als die Tür ins Schloss fiel, überkam mich ein Gefühl von Freiheit. Ich war stolz und glücklich.
Nach den schweren Jahren durfte ich nun schöne Momente erleben. Der Lebensmitteleinkauf gefiel mir, ich wusch meine Wäsche, machte die Treppe, hatte Kontakt zu Nachbarn. Meinen Balkon gestaltete ich mit Blumen. Abends kochte ich schön und genoss die Stunden zu Hause. Tagsüber ging ich in meine Tagesstätte.

Das kurz darauffolgende Weihnachtsfest verbrachte ich bei den Eltern. An Silvester brauchte ich nicht sinnlos in der Gegend herumfahren und verbrachte den Abend zu Hause. Mir kamen die Feiertage nicht mehr so trostlos vor.

Regelmäßig besuchte ich in der Folgezeit am Sonntag meine Eltern. Ab und zu lud ich meine Mutter oder meinen Vater zu mir ein. Ohne deren Unterstützung wäre vieles in der Vergangenheit anders gelaufen. Die Besuche in der Geschlossenen, die Wiederaufnahme im Jahr 2002 und die finanzielle Unterstützung hielten mich oftmals über Wasser. Ohne beide wäre ich wahrscheinlich draufgegangen.

Im Endeffekt war ich „nur" in einer Tagesstätte. Mir gefiel es zwar dort sehr gut, doch ich wollte zurück ins Berufsleben. Dazu kümmerte ich mich intensiv um eine Reha-Maßnahme. Mein Ziel war es, irgendwo eine Bürotätigkeit auszuführen. Der Prozess mit dem Arbeitsamt zog sich leider hin. Dafür ging es mir gesundheitlich immer besser und es gab Höhepunkte in meinem Leben.

Durch Zufall traf ich Franziska in der Stadt wieder. Wir tauschten Telefonnummern aus und trafen uns auch kurze Zeit später. Die Bindung wurde enger und bald war sie meine Freundin. Wir verbrachten viel Zeit in ihrer Wohnung.

Die Zärtlichkeiten konnte ich gut gebrauchen. Doch wie ich besaß sie auch eine Krankheit. Franziska schmiss zum Beispiel Lebensmittel aus Angst, dass sie vergiftet waren, weg. Einmal sagte das gute Mädel zu meinen Eltern: „Ich bin nicht verwest." Da reichte es mir und ich machte Schluss. Der Entschluss fiel schwer, da sie sehr anhänglich war und ich Sachen mit ihr erlebte, die mir für einige Zeit vorenthalten blieben.

Mein Leben hatte ich inzwischen wieder im Griff. Endlich erlebte ich auch mal wieder ein großes Fußballturnier in gutem Zustand. Die Tage der Europameisterschaft 2004 bleiben unvergessen und ich fuhr mit meinem Vater zu einer Alpenetappe der Tour de France nach Frankreich. Das Einzelzeitfahren im legendären Alpe D'Huez mit Armstrong und Ullrich war ein wunderschönes Erlebnis. Alle Fahrer fuhren einzeln an uns vorbei. Meinem Vater, den ich in der Vergangenheit vielleicht hatte umbringen wollen, kam ich ein Stückchen näher.

Dann kamen die Olympischen Spiele von Athen. Die wollte ich in voller Länge genießen und nahm dafür 14 Tage Urlaub. Jede Entscheidung wollte ich mir reinziehen. Bis zum fünften Tag schaffte ich es, dann kam eine bestellte Jacke aus den USA. Als ich sie auspackte, machte es in meinem Kopf „Klick". Die nächste Manie stand an. Sie sollte zwar drei Monate dauern, doch alles lief diesmal viel glimpflicher ab.

18. Es kann manchmal auch lustig zugehen

Erst einmal erkannte ich wieder nicht meine Veränderung. Die Manie war so intensiv, dass sie aus jeder Faser meines Körpers herausströmte. Das alles aufzuhalten, wäre nur mit Ruhigstellen gegangen und dies hatte ich in der Vergangenheit ja schon zu Genüge erfahren. Diesmal konnte ich die schönen Seiten des Hochs bis zur letzten Sekunde genießen, obwohl ich mich ziemlich bald entschloss, freiwillig in die Klinik zu gehen. Dort merkte ich rasch, dass es auch lustig im Krankenhaus sein kann.
Für meine Begriffe trank ich zu viel. Von der Gastronomiezeit kannte ich noch die ganzen Cocktailrezepte und mixte mir in den Sommermonaten immer schöne Drinks. So entschloss ich mich für einen 13-tägigen Entzug, der eigentlich in einer Manie keinen Sinn machte. Bevor es auf die Psychiatrie ging, brachte ich meine Wohnung an einem Wochenende auf Hochglanz, was Dank der unerschöpflichen Energie leicht von der Hand ging.

Auf Station sollte es dann spielerisch weitergehen. Im Gegensatz zur Geschlossenen in Mühlhausen war alles mit viel mehr Freiheiten verbunden. Ich konnte von Anfang an spazieren gehen, in die Stadt oder nach Hause. Es kam mir im Vergleich zu sonst wie ein Kindergeburtstag vor. Es gab Frauen und auch bei den Medikamenten verlief alles auf freiwilliger Basis.

Psychiatrieangehörige können interessant und mitunter sehr lustig sein. Jedenfalls lachte ich in meinem Entzug mit einem Alkoholiker, der 5 Flaschen Schnaps täglich trank und ständig irgendwo aufgelesen wurde, vier Tage lang um die Wette. Er hatte schon 40 Entzüge hinter sich und ich fragte ihn mal: „Warum mietest du dir eigentlich kein Zimmer hier in der Klinik?“ Auf die Frage, was er mit einer Million machen würde, antwortete er: „Ich würde mich totsaufen. In ein Nobelhotel würde ich eine Pipeline von der örtlichen Brauerei legen lassen.“
Ein anderer Patient suchte tatsächlich wie ich früher ernsthaft nach dem Bernsteinzimmer und telefonierte mit seinem Wissenstand mit

dem „Stern“ und der „Bild“. Er fuhr auch einmal zu einem Aussichtspunkt, in dem Glauben, Außerirdische würden ihn holen. Am Himmel sah er dann etwas blinken.

Inzwischen hielt ich mich für Herrmann Göring. Das setzte sich auch hartnäckig über Wochen in meinem Kopf fest. Meine Ärztin empfahl mir das Wohnhaus seiner Frau anzuschauen, was ich auch tat. Patientinnen durchschaute ich als Mossad-Agenten.
Im Kino lief „Der Untergang“. In den Film ging ich mit der 100-prozentigen Überzeugung, ich wäre Herrmann Göring, hinein. Fasziniert beobachtete ich die Szenen aus dem Führerbunker, die ich ja selbst nicht miterlebt hatte.
Mein Medikament wirkte wie Zyankali, denn dann starb der Nazi, um wenig später im 21. Jahrhundert wiedergeboren zu werden. Sehr oft trug ich graue Sachen und eine große Sonnenbrille.
An einem Samstag gab es in der Klinik Erbsensuppe. Vor dem Mittagessen stolzierte ich durch die Gänge des Krankenhauses. Mir kam alles wie der Berghof des Führers vor und gleich gab es ein leckeres deutsches Essen. SS-Männer sah ich auch.

Ich fühlte mich in diesem Sommer 2004 blendend. Der Entzug kam mir wie eine einzige Party vor. Bequemes Sitzen, Rauchen und sich zu unterhalten gehörten zu meinen Lieblingsbeschäftigungen. Unter einem Sonnenschirm saß ich zum Beispiel bei schönstem Wetter und hörte CDs. Vor mir lagen zwei hübsche Frauen auf einer Decke und sonnten sich.

Nachts zog ich mitunter mit einer Frau um die 40, die bis auf ihr Gesicht wie 16 aussah, und sich auch so anzog, durch die Gegend. Sie war wirklich krass drauf, auch weil sie früh um 3 Uhr diverse Klos putzte, obwohl das jeden Tag die Reinigungsfrauen taten. In den Morgenstunden schaute ich oft im Raucherraum Musikvideos und trank meinen Kaffee.
Der Raucherraum war ein beliebter Treffpunkt, wo ich mich sehr gut unterhalten fühlte. Dort hätte ich mich auch den ganzen Tag aufgehalten, wenn es da drinnen nicht so vernebelt gewesen wäre. Der blaue Dunst schwebte durch den ganzen Raum.

Das hielt einen Patienten nicht davon ab, den Fernseher mit einer Wasserkanne zu gießen. Daraufhin befand sich noch mehr Rauch im Raum. Der an einer Glasscheibe gemalte Bart Simpson muss sich bestimmt auch manchmal über einige Leute im Raucherraum gewundert haben. Hier traf man alles. Von vornehmen Frauen mit Hunden, weniger gebildeten drogensüchtigen Sozialhilfeempfängerinnen bis hin zu gestressten Krankenschwestern, alkoholkranken Bayern-Fans und Autohausbesitzern war eigentlich fast alles zu finden. So bunt waren auch die Gesprächsthemen.

Am meisten Spaß machte mir jedoch die Suchtgruppe. Bei denen war ich kein unbeschriebenes Blatt, doch ich nahm in meinem Zustand alles sehr locker und feierte in den Sitzungen nur ab. Ein Patient hatte sich von seinen 45 Entzügen die Therapiepässe an die Wand geheftet, was mich zu der Bemerkung „Bei 50 Entzügen gibt es eine Zyprexa umsonst“ verleitete.
Ich stellte mich vor mit: „Ich trinke Rum. Und ich bin rum.“ Anonym waren die Alkoholiker nicht, denn viele tranken an öffentlichen Plätzen und gelobten Besserung. Frauen waren auch anwesend, die komischerweise alle Sekt tranken. Ein ehemaliger Hauptmann der NVA kokste.
Wir lernten etwas über Umfelde und Menschentypen. Viel gebracht hat die ganze Sache nicht, denn eine Frau beging wenig später Selbstmord, ein Mann wanderte ins Gefängnis, Teilnehmer der Gruppe sah ich in der Folgezeit mit der Bierflasche in der Hand in der Stadt und auch bei mir brachte es nicht viel.
Zurück zu Hause und immer noch manisch probierte ich gleich am ersten Abend Whiskey. Das war mir dann auch egal. Ich genoss die Zeit und besuchte wieder die Tagesstätte.

Auf einmal fühlte ich mich wie ein Soldat der Roten Armee in Berlin 1945. Sechs Jahre besaß ich nun schon diese Krankheit. So lange dauerte der 2. Weltkrieg. Ich sponn mir etwas zurecht, dass der Spuk bald ein Ende hat. Wenige Tage sollten vergehen, bis alles vorbei war. Ich durfte nur in den letzten Tagen nicht umgebracht werden, obwohl der Sieg schon feststand. So bewegte ich mich vorsichtig durch die Stadt.

An jeder Straßenecke hätte mich ein Scharfschütze vielleicht abknallen können. Irgendwie war es amüsant.
Dann erreichte der Terrorismus Deutschland. An einer Bushaltestelle lag eine herrenlose Plastiktüte mit etwas Undefinierbarem darin. Zu sehen war sonst keiner. Jerusalem und Baghdad ließen grüßen. Ich bekam Schiss und machte, dass ich davonkam. Mein Körper war angespannt, denn jeden Augenblick hätte die Bombe explodieren können.
Die Manie konnte ich richtig ausleben, auch wegen der eigenen Wohnung. Ich sprang meistens schon um 4 Uhr in der Früh regelrecht aus dem Bett und war gleich hellwach. In den Morgenstunden besaß ich einen sehr klaren Verstand und schaute mit großer Begeisterung wie in der Klinik Musikvideos.

Ich lebte wieder in anderen Zeiten und Orten. Secret Service und KGB traten erneut in mein Leben. Irgendwie musste ich jemandem erzählen, was in mir vorging. So suchte ich den Amtsarzt auf, der mir eine Betreuung auferlegt hatte und einigen Einfluss besaß. Ihm erzählte ich von Herrmann Göring. Er sagte zu mir: „Hier wird sie keiner mehr abholen. Aber gehen sie in die Klinik." Diesen Rat befolgte ich.
Nur wenige Stunden später war ich aufgenommen. In meinem Zimmer lag ein sympathischer Inder und ein ruhiger, älterer Mann. Mit Manjid verstand ich mich auf Anhieb prächtig. Am Stand seines Bruders kaufte ich später eine Weste und von ihm selber für 5 Euro eine Uhr. Einmal tranken wir Rotwein aus dem Tetrapak. Manjid hatte immer ein Lächeln übrig und war sehr freundlich.

Mit der Ärztin konnte ich über alles reden. Sie beschäftigte sich mit mir und fand meine Besessenheit vom Hilton lustig. Die Tabletten wurden umgestellt, die Manie hielt sich jedoch hartnäckig. Dafür durfte ich die US-Wahl mitentscheiden und eine Mitpatientin fragte mich beim Abendbrot, von wo man sich am besten in den Tod stürzt. Bei dieser Frage blieb mir fast der Bissen im Halse stecken. Ich traf Heroindealer, Apotheker, lokale Fußballgrößen und eine noch nicht so alte Frau mit aschgrauem Haar und fahlem Gesicht, die in jenem Jahr ihren sechsten Entzug machte.

Eines Morgens erzählte ich meiner Ärztin stolz, dass auf ein Hilton Hotel in Taba ein Attentat verübt wurde. Ich dachte, es hängt mit mir zusammen, auch weil mir das örtliche Hilton Hotel immer mehr ein Dorn im Auge war. Ich rief sogar in der Zentrale in Frankfurt an, dass sie endlich verschwinden sollen.

Ich nutzte meine Freiheiten und verbrachte auch Zeit zu Hause oder ich ging in die Stadt. Es war kein Vergleich zu dem Eingesperrtsein in der Vergangenheit. Auf Station konnte man auch mal einen Scherz machen, wie zweimal hintereinander den Notknopf ohne wirklichen Grund drücken, um dann „Hörprobe“ zu sagen. Oder wenn einem danach war, auch mal den Pfleger anschreien, ohne dabei ernsthafte Konsequenzen wie zusätzliche Medikamente befürchten zu müssen.
Für mich zu bald wurde ich nach fünf Wochen entlassen.

Am letzten Abend überkam mich das Gefühl, dass ich umgebracht werde. Ich wollte die Nacht durchmachen, um gleich am nächsten Morgen zu verschwinden. Doch die Augen fielen ziemlich bald immer wieder zu. Also schloss ich mich im Badezimmer ein. Gegen Morgen hörte ich einen lauten Schrei. Ich war es, der so laut geschrien hatte. Die Tür stand auf. Die Krankenschwestern besaßen einen Generalschlüssel. Doch die Nacht hatte ich überlebt

Es ging wieder in die Tagesstätte. Aber nur für einige Wochen, denn inzwischen war Bewegung in die Sache mit der Reha gekommen. In Erfurt sollte es gleich im neuen Jahr losgehen.

Die Manie klang langsam ab. In meinem Bett hörte ich an einem Novemberabend bei Kerzenschein theatralische Lieder. Auf einmal dämmerte es mir. Alles Positive und Bewegende der letzten drei Monate war im Grunde nicht echt. Illusionen verschwanden mit einem Mal und Träume lösten sich in Luft auf. Auf der einen Seite enttäuscht, aber auch froh dass es vorbei war, löste sich die Anspannung. Ich hatte Monate unter Strom gestanden.
Das war meine letzte Manie. Seit 2004 habe ich so etwas nicht wieder erlebt.

19. Von Groschen und Horizonten

Erneut drückte etwas Unsichtbares auf meine Seele, als alles vorbei war. Die bald beginnende Rehabilitation war eigentlich schon von Anfang an zum Scheitern verurteilt. Ich hatte in der Vergangenheit einfach zu viel mitgemacht.

Mir gefiel es nicht sonderlich bei der Reha und es war einfach zu anstrengend. Jeden Tag von 8 Uhr bis 15 Uhr Unterricht mit dem Ziel, irgendwann einen 8-Stunden Tag zu schaffen, dazu die Fahrerei, bedeuteten eine zu hohe Belastung. Meine Konzentrationsfähigkeit und meine Ausdauer hatten sich durch die ständigen Hochs und Tiefs derart verschlechtert, dass ich im Endeffekt gegen Windmühlen kämpfte. Während der ganzen Reha-Zeit war ich trotzdem hoch motiviert. Doch nach dem ersten Praktikum in einem Amt konnte ich nicht mehr.

Zum ersten Mal ging ich nicht wegen einer Manie ins Krankenhaus. Dort gab man mir Remergil, was extrem hungrig macht. Ich wog schon 115 kg. Schon als ich die Tablette hinterschluckte, bekam ich Hunger. Bei den Mahlzeiten saß eine Magersüchtige an meinem Tisch, die mir immer ihr Essen zuschob. Das durften die Schwestern nicht sehen, weil sie sonst Ärger bekommen hätte. Beim Abendbrot lag auf ihrem bestellten Teller aber eh nur eine Scheibe Brot und eine Orange, beim Mittagessen konnte ich jedoch ihr Gericht haben.
Einigen Patienten ging es richtig schlecht. Einer erhielt wegen seinen Depressionen Elektroschocks, was aber auch kaum nützte. Andere mussten damit zurechtkommen, dass Sie das erste Mal in der Psychiatrie waren, einige waren eigentlich ständig drinnen. Ein Alkoholiker wurde drei Mal entlassen, um ein paar Tage später nach diversen Rückfällen wieder auf der Bildfläche zu erscheinen.

Zusammen bewältigten wir den Klinikaufenthalt, so gut es ging. Wir schauten Sport, spielten Skat und saßen oft gemeinsam im Raucherraum und unterhielten uns. Ein Patient, dem beide Zeigefinger von einem Selbstmordversuch fehlten, war eine richtige Stim-

mungskanone. Er borgte mir CDs von Grönemeyer. Einige Patienten konnten sehr gut Kuchen backen. Der Kaffee schmeckte jedoch derart mies, dass ich eigentlich nur meinen selbst mitgebrachten Kaffee trank.
Mit mir auf dem Zimmer lag ein Alkoholiker, der schon über 50 Mal da war und eines Morgens vom Stationsarzt zusammengestaucht wurde, weil er ihm erzählte, dass er durch neue Bekanntschaften es endlich geschafft hatte. „Nichts haben Sie geschafft. Wollen Sie mich verarschen?“
Meine Ärztin war da etwas feinfühliger. Ihr konnte man seine Probleme anvertrauen.
Mit einer leichten Verbesserung entließ mich die Ärztin nach fünf Wochen. Auf den Weg bekam ich die Worte: „Wer nichts wagt, der nichts gewinnt“, worauf sich in meinem Kopf ein großes Fragezeichen bildete. Was hatte das mit meiner Krankheit zu tun? Wenigstens hatte ich jetzt eine neue Diagnose. Ich war bi-polar, also bewegte sich mein Zustand entweder im oberen oder unteren Bereich. Später habe ich erfahren, dass es auch einen Zwischenbereich gibt, in dem ich mich seit einiger Zeit bewege. Wenigstens war ich nicht mehr schizo-affektiv, weshalb ich ständig eingelocht worden war, was natürlich auch an mir lag.

Jedenfalls war ich seit diesen Tagen im Juli 2005 in keinem Krankenhaus mehr. Und davor war dies in den Jahren von 1999 bis 2005 jedes Jahr der Fall.
Ich bin froh und glücklich über die Tatsache, dass jetzt schon seit Jahren von Klinikaufenthalten keine Rede mehr ist. Und seit der vorläufigen Entlassung aus der Geschlossenen im Jahr 2002 habe ich Mühlhausen nie wieder gesehen.

Doch 2005 ging nach meinem Krankenhausaufenthalt die Reha erst einmal weiter. Sie sollte noch vier Monate dauern. Kurz vor Weihnachten war sie zu Ende. Man empfahl mir eine Tagesstätte aufzusuchen. Bis zum Schluss hatte ich um den Anschluss gekämpft, doch mir fiel eine tonnenschwere Last ab, als ich nicht mehr nach Erfurt musste. Es ging wieder in das schönste Arbeitsumfeld, was ich kannte.

Mit viel Geduld ging es langsam aufwärts. Endlich war der Groschen gefallen. Inzwischen hatte ich erkannt, dass die richtige Lebensweise entscheidend ist. Ausreichend Schlaf und Essen, keine Drogen, bewusster Umgang mit Alkohol, sich nicht überfordern und sich nicht zu vielen Reizen aussetzen, üben großen Einfluss auf mein Wohlbefinden aus.
Von einer Manie ist schon längst keine Rede mehr, obwohl ich ständig in mich hineinhorche. Wahrscheinlich auch wegen der schlechten Erfahrungen. Klar kann eine Manie immer mal wieder auftreten, doch ich tue sehr viel dafür, dass dies nicht eintritt. Seit einigen Jahren bleibe ich von so etwas verschont. Und ich habe den berechtigten Grund zur Hoffnung, dass dies auch so bleibt.

Die Manie im Jahre 2004 war meine letzte und auch die unproblematischste, obwohl sie mich schon zurückgeworfen hat. Doch anders als in den Jahren zuvor, verlief die Manie in ruhigem Fahrwasser und ich konnte sie auch ein wenig auskosten. Denn eine Manie hat auch ihre guten Seiten. Man fühlt sich einfach nur blendend.

Ich hatte sechs Manien und bis auf die letzten zwei war jede schlimm. Bei der ersten wusste ich nicht, was mit mir los war und ich benahm mich sehr auffällig. Die Manie im Jahre 2000 endete mit einer Zwangseinweisung und einer Betreuung. Ein Jahr später folgte die Situation in der Wohnung in Jena und der schlimme Filmriss. Und an den vielen Tagen mit Todesangst hatte ich sehr lange zu knabbern, was auch eine Menge Energie kostete. Die schlimmen Tiefs waren auch nicht lustig. Die Monate nach der Bong 1999 und die Erlebnisse während des Jahres zu Hause bei den Eltern wünsche ich Keinem. Da hatte ich mich wirklich aufgegeben. Unerträglich fand ich die Tatsache, dass ich irgendwann an der Musik keine Freude mehr empfunden habe.

Sehr schmerzlich war auch der Prozess des immer mehr Alleinseins. Hatte ich das vorher genossen auch mal für mich zu sein, bedeutete dies irgendwann eine Qual. Bis zu einem Punkt im Leben hatte ich immer etwas unternommen.

Irgendwann wusste ich nicht mehr, zu wem ich gehen könnte. Ich hatte keinen zum Reden und wusste oft nicht, was ich aus lauter Langeweile tun sollte. Besonders viele Geburtstage und Silvester waren nicht zum Aushalten. Ich hatte mir in dieser Zeit oft eine Freundin gewünscht. Es hätte manches erträglicher gemacht. Schon allein die vielen Krankenhausaufenthalte wären mit Besuchen ein wenig besser auszuhalten gewesen. Aber dazu bereit oder fähig war ich eigentlich nie, besonders nicht in den Manien.
Inzwischen habe ich eine feste Freundin gefunden, und darüber bin ich sehr glücklich.

Eigentlich könnte ich ja ziemlich sauer darüber sein, was mir widerfahren ist, doch alles hatte seinen Ursprung in der Sucht. Diese Rechnung habe ich beglichen und begleiche sie immer noch. Es ist halt ein anderes Leben, doch auch hier gibt es durchaus schöne Seiten.
Inzwischen bin ich auf die richtigen Medikamente eingestellt. Durch eine 14-tägige Spritze bleibt mir die tägliche Tabletteneinnahme erspart. Mit meiner Ärztin kann ich auch über alles reden.
Seit einiger Zeit fühle ich mich wieder klar im Kopf und die Regeneration schreitet nach den schweren Phasen immer mehr voran. Mein Schwerbehindertenausweis läuft zwar unbefristet, doch ich habe Wege gefunden, mit der Krankheit bestmöglichst umzugehen.
Man muss mit dieser Diagnose sehr ehrlich zu sich sein und dadurch bin ich mit mir im Großen und Ganzen im Reinen. Ich fühle mich, auch durch mein Medikament, meistens ausgeglichen und verspüre durch meine Lebenserfahrungen und den Umgang mit der Krankheit eine gewisse Form von Altersweisheit. Und ich habe endlich aus meinen Fehlern gelernt und hüte mich davor irgendwelche Drogen anzufassen.

Das Verhältnis zu meinen Eltern ist intakt. Beide haben durch mich eine Menge mitgemacht. Doch trotz meiner Fehler haben sie immer zu mir gehalten und mich unterstützt. Es gab Phasen, wo man dies eigentlich nicht erwarten konnte. Bestimmt sind sie manchmal enttäuscht, weil nicht mehr aus ihrem einzigen Kind geworden ist, doch sie lieben mich und ich liebe sie.

Manchmal, besonders in den Manien, habe ich mich zu meinen Eltern unmöglich benommen, was vielleicht durch meinen Zustand entschuldbar war, doch sie haben durch meine schwere Zeit auch mitgelitten und einige schlimme Sachen erlebt. Es ist bestimmt nicht schön, seinen Sohn in der geschlossenen Psychiatrie zu besuchen, ihn sich merkwürdig verhaltend zu sehen oder völlig zugedröhnt zu erleben.

Als die Zeit mit den Manien und den schweren Löchern abgeklungen war, hatte ich mit den Überbleibseln zu kämpfen. Mein Körper und mein Gesicht waren extrem aufgequollen.
Mit professioneller Hilfe ging ich das Thema „Abnehmen" an. Durch viel Fahrradfahren, Schwimmen und Joggen habe ich 35 kg abgenommen. Heute habe ich Normalgewicht und die Sportarten gehören zu meinen Hobbies, was sich auf viele Dinge niederschlägt.
Mir geht es durch die Aktivitäten bedeutend besser und ich fühle mich wieder wohl in meiner Haut.
Was lange nicht ging, auch durch die Hochs und Tiefs, klappt jetzt wieder. Mir macht es nichts aus, unter Leute zu gehen. Durch das Abnehmen ist meine Lebensqualität gestiegen.

Heute besuche ich immer noch die Tagesstätte und kann behaupten, dass ich mit meinem augenblicklichen Leben zufrieden bin. Es läuft alles in geordneten Bahnen. Ich gehe früh aus dem Haus, um einer Beschäftigung nachzugehen und die Zeiten, wo vieles drunter und drüber ging, sind Gott sei Dank vorbei.

Ich fühle mich wieder angenommen und akzeptiert, was lange nicht der Fall war. Mein Humor ist mir nicht abhanden gekommen. Das Selbstbewusstsein war auch irgendwann zurückgekehrt. Das Jahr bei den Eltern 2002 war der Nullpunkt und alles darauffolgende ist im Endeffekt ein Gewinn. Konflikte oder Liebeskummer hatte ich damals nicht, und sie bedeuten Leben.

Die Tagesstätte ist natürlich nicht Endstation. Irgendwann möchte ich schon wieder arbeiten. Dafür den richtigen Zeitpunkt zu finden ist wichtig.

Aber irgendwann werde ich mir zutrauen, wenigstens stundenweise zu arbeiten. Da bin ich sicher. Die Zukunft wird's zeigen.

Durch Besuche im örtlichen Krankenhaus und vor allen Dingen durch die Tagesstätte gelangte ich in neue Kreise. Oft sehe ich heute auf der Straße Personen, mit denen ich schon einmal zu tun hatte. Ich treffe mich mit Leuten, mit denen ich zusammen „oben“ lag oder die ich aus der Tagesstätte kenne. Mit der Zeit war ich wieder irgendwo aufgehoben.

Die Zeit von 1998 bis 2005 bildet in meinem Leben eine Zäsur. In dieser Zeit lief vieles schief. Krankenhausaufenthalte, Einsamkeit, so viele Probleme gehäuft, aus diversen Arbeitsverhältnissen fliegen, das hatte ich vorher und auch nachher nicht.
Alle meine sechs Manien fielen in die Zeit, in der ich den Audi gefahren bin. Ich liebte dieses Auto, doch es brachte mir letztlich nur Pech.
Doch das ist Geschichte und ich blicke nicht im Groll zurück. Was zählt ist, dass ich es hinter mir habe.

Meine Eltern freuen sich unheimlich, dass es mir wieder gut geht und auch ich bin heilfroh, alles überstanden zu haben. Ich kann wieder Dinge genießen und sehe die schönen Seiten des Lebens.
Mir gefällt es, die Musik wieder genießen zu können oder abends wegzugehen. Silvester und Geburtstage verbringe ich heute bei Weitem besser. Mir macht es unheimlich Spaß Fahrradtouren zu machen. Viele Stunden mit meiner Freundin sind einfach nur wunderbar.

Nach Jahren der Regeneration blicke ich optimistisch in die Zukunft. Was nicht unbedingt selbstverständlich für meine Diagnose ist: Ich genieße jeden Tag.
Ich führe ein selbstständiges Leben.

Ende